Las iras

PILAR ADÓN

Las iras

Galaxia Gutenberg

Galaxia Gutenberg,
Premio TodosTusLibros al Mejor Proyecto Editorial, 2023,
otorgado por CEGAL (Confederación Española de Gremios y Asociaciones de Libreros).

Publicado por
Galaxia Gutenberg, S.L.
Av. Diagonal, 361, 2.º 1.ª
08037-Barcelona
info@galaxiagutenberg.com
www.galaxiagutenberg.com

Primera edición: enero de 2025
Segunda edición: febrero de 2025

Preimpresión: Maria Garcia
Impresión y encuadernación: Sagrafic
Depósito legal: B 46-2025
ISBN: 978-84-10317-68-0

A mi madre,
que le dio forma al árbol

«Hija soy del error. A solas estoy aquí bajo el peso del cielo y sin tierra.»

La tumba de Antígona,
MARÍA ZAMBRANO

«Y cuando logré convencerme por completo de que realmente era el monstruo que soy, me embargaron las más amargas sensaciones de desaliento y mortificación.»

Frankenstein,
MARY SHELLEY

«Me levanté Temprano – me Llevé a mi Perro –»
EMILY DICKINSON

La sublimación de los afectos

I

Hay quien afirma que se puede averiguar la edad de un perro por el aspecto de sus dientes. Los colmillos para enganchar y rasgar. Los molares para triturar. Las muelas carniceras del final de las encías para arrancar la piel de unos tobillos salpicados de hierbas verdes entre las piedras del camino llegada la hora de regresar al hogar, dejando atrás todo ánimo salvaje. Arbustos, madrigueras y raíces. El olfateo y la caza. El aferramiento de la presa convulsionada y la entrega de la presa liquidada. Hay quien sostiene que limpiarle los dientes a un perro le despoja del lobo que lleva dentro y que es una ofensa. Y hay quien venera lo indómito del animal y defiende la idea de que se debe honrar al perro como se honra a los antepasados. Respetar al perro. Glorificar al perro. Quien así piensa le da de beber a su spaniel agua bendita para luego postrarse ante él y rezarle una oración.

Nosotras no llegamos a eso. Jamás les rezamos ni les rezaremos a nuestros perros. Si algo hemos aprendido en la vida, cada una por su lado, es que los castigos del Cielo son muchos y variados. Por cada error cometido, un castigo distinto. ¿Cómo saber que se trata de un castigo? ¿Y del Cielo? Por lo agotador y lo absurdo. Hasta lo caprichoso. Un dolor muscular que no se va. Una mancha en un ojo. Una asfixia constante. La impresión de estar perdiendo la cabeza. Sería pecado rezarle a un perro, y esa es una verdad que no admite duda ni disputa. De modo que Liu y yo nos encargamos de ellos, de su comida, su bebida, su bienestar y su aseo, pero no los hacemos el centro de nuestra existencia porque convertir a otro organismo vivo, próximo y real en la razón primera de la supervivencia propia (levantarse por las mañanas, lavarse, volver a dormir) no es la mejor idea que se les puede ocurrir a una niña y a su guardiana. Somos conscientes de que resulta mucho más sensato optar por un ente al que no se ve. Un ser poderoso, eterno y compasivo. Es la mejor elección.

Ya hemos desayunado, y Liu me informa de que hoy no ha salido la bruja de su armario, así que tendremos la jornada en paz. He de cuidar de Liu, pero los días en que la bruja sale y la alborota, la vigilancia se convierte en una labor casi imposible. En esos momentos, cuando recuerda la oscuridad del agua estancada, el ahogo de las carreras, los restos de una estación que daba paso a otra, y quién sabe si hasta la angustia de los gritos, he de suministrarle dosis más altas de medicación y aplicarle la lista de correctivos que me dejaron por escrito el día en que nos trajeron a esta casa y cuya enumeración vuelvo a escuchar detalladamente, un correctivo tras otro, un par de veces a la semana, cuando llaman para preguntarme cómo va. Si existe un mandato que guía mi trabajo en este lugar es el de que Liu crezca segura y con un espíritu fuerte. Yo la observo y la atiendo con amabilidad porque soy su cuidadora y obedezco las órdenes de su padre. Pero también ella debe ser disciplinada y obediente. Ha de encauzarse y convertirse en una persona valiosa. Adquirir una noción recta de los comportamientos que resultan más apropiados para cada ocasión. Tiene que saber que las normas están ahí para las dos.

Frente a su ventana crece una rama que nos hace pensar en la cabeza de un caballo.

A veces introduzco una cruz en su vaso para que el agua que bebe esté bendita. Como el agua bendita que se les da a los perros sagrados.

2

Liu tiene el pelo rojizo y puede ser muy decidida o muy asustadiza. Ha cumplido los once años y a esa edad es normal querer ser el centro de todas las atenciones, enredar, corretear, estirarse, empezar a entrever la realidad que yo ya conozco y, aun así, creerse más lista que yo. A veces me pega y yo le devuelvo el golpe sin fuerza. Me empuja, me araña, y a veces dejo que lo haga. Cuando me divierte. Pero no siempre me divierte. No obstante, comprendo que es necesario jugar con ella, distraerla, mantenerla entretenida. No quiero que se agobie. No quiero ser para ella un ejemplo de amargura. Le lleno las manos y los brazos de harina cada vez que le leo el cuento de la bella hija de la bella molinera, y he diseñado unas caretas para nuestros bailes de disfraces. El mar. Un islote en el mar. Un árbol sobre un islote en el mar. Ayer nos pintamos la cara y fue divertido. Me salté la primera parte de la *Divina comedia*, también la segunda, y fui directamente al paraíso, a la teoría de los ángeles. Después le pasé un pañuelo humedecido por la nuca y la frente, y le dije que debía limpiarse bien y que pusiera las toallas en su sitio, ordenadas, y el jabón en su recipiente sin agua que lo dejase empapado e hiciera que diese asco ir a cogerlo la próxima vez que tuviéramos que lavarnos las manos. Tanto ella como yo.

Ha de obedecer las reglas. Es esencial que no me hable alto. Que no me grite.

Si jugamos al escondite lo hacemos dentro de la casa porque no le gusta salir. Cualquier recorrido por el campo le supone un esfuerzo enorme y termina agotada. Prefiere quedarse en el dormitorio y que hablemos de las seis etapas de la Virgen. De la mejor vocal. La o de oso para ella. La i de instrucción para mí. La peor consonante. La p de pozo para ella. La v de vieja para mí. Le gusta correr por los pasillos y darse duchas de agua muy caliente que le queme el pelo. Pero debe andar más. Le viene bien hacer ejercicio y respirar al aire libre, y cuando eso sucede, cuando por fin salimos, me da la mano y me pide que no usemos la puerta lateral. Nunca la puerta lateral porque es ahí donde está el pozo, y Liu no quiere saber nada de pozos. Aunque estén sellados como éste con una plancha de metal y se alcen, como éste, casi un metro del suelo. Aunque no resulte fácil percatarse de que esa elevación con forma de hexaedro esconde la amenaza de un agujero. Le da lo mismo. No lo soporta. Le cuento que gracias al pozo (con su estructura de piedra que evita caídas, sorpresas, ahogamientos de animales) y al agua que almacena podemos hacer uso de los grifos de la cocina y de los baños. Gracias al pozo puede darse esas eternas duchas de agua hirviendo. Pero no se deja persuadir. Mi voz serena y mis buenas palabras no la rozan siquiera. No atenúan ni un milímetro de su horror.

La mejor amiga de Liu se ahogó en uno y por eso estamos aquí. Para que se recupere y vuelva a ser una niña que come faisán, con su carne tierna, y no jabalí.

Nada de cocinar jabalí. Ha de superar la conmoción y el estado de profunda depresión en que se sumió tras el incidente, y ser capaz de relatar lo sucedido. Por eso vinimos. Para que recuerde y pueda describir qué es lo que la atenaza. Sólo contándolo podrá exorcizarlo.

Es lo que dicen los expertos. Que sólo librándose del shock podrá librarse del mal.

3

Cuando le propongo un juego, cualquier distracción, ella corre hacia mí como la pequeña criatura que aún es y me mira desde su estatura inferior con los ojos muy abiertos. Con las manos mojadas. El pelo empapado del agua grasa y mate del pozo. Cualquier actividad que nos permita dejar a un lado la monotonía de las clases, las lecciones de italiano, los ríos, las montañas, los órganos y tejidos del cuerpo humano, hace que su expresión se transforme y que durante unos segundos casi parezca inocente. En esos momentos podría reírme de ella. Podría preguntarle que adónde va con esa cara de expectación, con esa respiración agitada ante la idea del recreo. Podría soltarle que es boba por creerse lo que le digo. Pero la crueldad no da buenos resultados con los niños. Ni con los virtuosos ni con los asesinos. Y tengo que cuidar de ella. Así que selecciono los pinceles, la barra de labios, los colores verdes para los párpados, y la pongo ante el espejo de uno de los cuartos de baño pidiéndole que se calle. Diciéndole que si quiere que juguemos tiene que parar de gritar y dejar que yo actúe.

Desde la ventana divisamos las copas de los árboles, la extensión del horizonte.

–Voy a hacerte una trenza, *ti piace*?

No nos hemos acostumbrado todavía al paisaje ni al olor de la tierra ni a los chispazos de sol que nos abren los ojos por las mañanas y ya no nos dejan descansar más. El canto de los pájaros, el viento que entra por una puerta y recorre toda la casa, entera, por los pasillos, en dirección a otra puerta situada en el extremo opuesto. El bálsamo de la naturaleza recién iluminada, aún joven, repleta de matices.

Los lirios naranjas.

–Mi amiga llevaba una trenza –murmura.

Y yo guardo silencio para que siga hablando porque mi objetivo, lo que más deseo, es que cuente algo. Enmudezco y espero. Pero como no dice nada más, pruebo a incitarla con una nueva barra de labios.

–La querías mucho, ¿verdad? ¿Te gusta este tono?

Liu examina el tesoro que le ofrezco y asiente con la cabeza. Le he formulado dos preguntas juntas y no termino de averiguar a qué me está respondiendo con ese gesto brevísimo. Me recuerdo a mí misma lo imbécil que puedo llegar a ser. ¿Por qué dos preguntas a la vez?

–Nosotras nos subíamos a un árbol, mi mejor amiga y yo. Siempre el mismo árbol. Y todo lo que yo quería hacer en el mundo era estar allí, cerca de ella, cerca de los gorriones. Me gustaba su voz. Su olor. –Me detengo un segundo, pero Liu sigue callada–. Por las noches no podía dormir. Consultaba el reloj a cada hora para calcular el tiempo que faltaba hasta el amanecer. Cuando volvíamos a vernos.

Ella se mira en el espejo y se pasa los dedos índice y corazón por la frente, como si quisiera apartarse de los ojos un mechón de pelo que no existe.

–Sólo podía pensar en el momento de nuestro encuentro. Cuando la veía por las mañanas, mientras nos vestíamos, me ponía tan nerviosa que me entraban ganas de hacer pis. Luego se me pasaba, claro.

Sigue fascinada con las pinturas y únicamente pronuncia un sí rápido como para indicar que me está oyendo.

–Nunca me has dicho cómo se llamaba.

–¿Quién?

–Tu amiga. La de la trenza.

–Prefiero el rosa. ¿Me la cambias?

–¿Cómo se llamaba?

Le doy la barra de color rosa.

–Igual que tú.

–No me mientas. No sé por qué me mientes.

–¿Y tú qué sabes? –Alza los hombros y los vuelve a bajar–. Siempre estás con el mismo rollo.

–No me hables así.

–Pues tú no me vengas otra vez con estas mierdas.

En semejantes ocasiones no me queda otra opción que la de recurrir a la violencia. No puedo hacer otra cosa. Llenarle la cara de rayajos de color rosa. Darle un bofetón. Un buen golpe en la cabeza. Un pellizco en el cuello. Soy consciente de que no dará resultado, pero no puedo tolerar que me responda mal. Mi papel consiste en amaestrarla para que controle su rabia y deje de ser ignorante e inestable. Amansar sus estallidos.

–Voy a llamar a mi padre. ¡No puedes pegarme!

¿Es que me odia? ¿Nos odia a todos?

–Claro que puedo.

Por supuesto que puedo. Soy su guía, su adiestradora, y no pienso consentir que crea que estoy aquí en calidad de sierva o que me va a someter con sus berrinches. No se le puede ni pasar por la cabeza la idea de que voy a acobardarme.

4

Se ha cambiado de ropa y ahora lleva una camiseta blanca y una falda. Yo me he vestido igual que ella, he buscado sus zapatillas, las que elige cada vez que salimos, y se las he entregado extendiendo un brazo para que, sin rechistar, se las ponga y se prepare física y mentalmente de cara a una breve excursión campestre. No quiere salir, pero va a hacerlo. Mientras busco mis gafas de sol, le digo que deje de mirarme fijamente porque mirar fijamente a los demás es de mala educación.

Antes de salir, le pido que me traiga un trozo de queso para el paseo, y me lo trae. Le doy las gracias.

La tierra está agrietada en varias partes del sendero y se lo comento a Liu, pero ella avanza unos pasos por delante de mí y no responde. Quizá porque le da igual lo que le digo o quizá porque no me oye. Resopla y se agacha en busca de una rama más o menos recta. Va a usarla a modo de bastón y de defensa.

–Lo que tienes que hacer es fijarte bien en el suelo para que no te pase lo que a tu amiga.

Ella deja de mirar al frente, vuelve a resoplar y gira la cabeza hacia un lado como si quisiera darme a entender que en realidad no está conmigo. Aunque parezca que sí.

–No basta con estar –sigo–. Todo el mundo está y no debes conformarte con eso. No puedes dejar que tu vida pase sin más. Tienes que diferenciarte. Crecer y aplicarte. Progresar.

–No era mi amiga. ¿Es que no te han contado lo que le hice?

Sigue arrastrando la rama con la que va trazando una línea intermitente sobre la reseca tierra del camino.

–Sí me lo han contado. Lo sé todo.

–Pues me parece que no –me desafía prolongando el sonido de la o.

–¿Por qué no me lo explicas tú?

Liu se echa a reír.

–Eso es lo que quieres, ¿no? Pues te lo voy a decir. Se volvió imbécil. Así de fácil.

No es más que una niña pretenciosa.

–¿Tu mejor amiga se volvió imbécil?

–En el fondo, hasta le hice un favor. Un día va y me dice que prefiere irse de vacaciones con sus primos en vez de estar en la playa conmigo. –Su melena rojiza se agita en una onda desmedida sin un motivo físico visible–. ¿No es ridículo? Estoy segura de que el cerebro se le llenó de pus por algún virus. No razonaba con claridad.

Pienso en la palabra «desmedida» porque no sopla el viento. Liu no ha echado a correr. No ha movido la cabeza hacia atrás ni ha alzado los dos brazos en dirección al cielo. No hay ningún motivo para que el pelo se le revuelva solo.

–¿Te lo dijo ella?

–¿El qué?

–Lo de las vacaciones. Lo de que no quería estar contigo.

–Claro que me lo dijo ella. La muy cabrona.

¿Estoy oyendo lo que estoy oyendo?

–Lo mismo se lo impusieron sus padres.

–¿Qué padres?

–¿No tenía padres?

Me planteo la posibilidad de dejar de avanzar y acercarme a ella. Quitarle el dichoso palo de las manos. Pero no sé si me lo permitiría. La primera vez que la vi me resultó tan desvalida y conmovedora como me lo parece en este instante. Sus ojos constituían la perfecta representación del espanto en estado puro. El pánico. A ser comida.

A recibir un zarpazo en el costado. A que se le acercara un leñador y la talara. Por supuesto, su nombre real no es Liu. Si estuviera aquí su padre, si siguiera viviendo con él, respondería al nombre que él le puso. Acudiría al oír ese nombre, se sentiría identificada con ese nombre. Ella sería ese nombre. Pero su padre vive en Nueva Escocia y la niña ahora está conmigo.

Y conmigo se llama Liu.

Una Liu que me suelta que lo que me pasa es que soy:

–Una sentimental y una infeliz.

–¿Era muy guapa? –pregunto.

Y veo cómo de nuevo se lleva una mano a los ojos y cómo crece en ella el delirio. La locura que hace acto de presencia cuando menos la necesita.

–¿Es que eres imbécil?

–Que no me hables así. Sólo te he preguntado si era guapa.

–¿Cómo puedes ser tan cortita? Te he dicho que no era mi amiga. Que yo no quería subirme a ningún árbol con ella para olerle los morros ni me meaba cada vez que la veía.

–No te pases, Liu.

Ha cambiado el tono de voz. También se mueve de otro modo. Pero el pelo sigue enfurecido. Da un pequeño salto, como si se hubiera asustado, y de repente se gira y me hace una señal con una mano.

–A ver si vas a ser tú la que tiene que andarse con cuidado. Mira bien dónde pones los pies.

¿Será verdad que lo he logrado?

A pesar de la humillación y el desprecio, ¿será verdad que lo he oído, que lo ha dicho? Me propongo visualizar elementos apacibles que me den paz. Las orillas de un embalse. La firmeza de los perros que han salido con nosotras y han ido perdiéndose por el monte. Los árboles que nos escoltan. Puede seguir riéndose de mí. Burlándose de mí. Ridiculizarme y tratar de herirme. Puede desbocarse y echar espuma por la boca... Lo he conseguido.

Por fin. Su confesión.

5

A estas alturas me es indiferente que me hable o no. Que se caiga, que se largue o que se quede. Me da igual que me repita que está sola en el mundo. Que todos la traicionan. Ya no se trata de una intuición, ahora sé que lo hizo. Cuento con una certeza. Y lo que deseo es que me deje tranquila y se limite a obedecer. La he puesto a merendar en el comedor principal, bajo la reproducción de un cuadro de Jean Siméon Chardin, y la observo desde mi butaca. Le noto la rigidez en el cuello, la crispación de los dedos. Analizo sus muecas en silencio y oigo cómo respira y cómo traga. En este instante sé perfectamente lo que piensa y lo que planea. Qué cálculos está haciendo. Ahora mismo me resulta tan transparente como la Casa Farnsworth, e igualmente incómoda.

Ella no me mira a mí. Se entrega a sus galletas y a su tazón de leche. Aun así, advierto cómo la masa que da forma a su terror se transmuta en la masa que empieza a darle forma al mío. He de repetirme una y otra vez (he de hacerlo) que es una niña y que no tiene fuerzas para cargar conmigo como con su amiga ni para levantar la plancha metálica que cubre la boca del pozo. No puede atacarme ni empujarme. No tiene la altura necesaria. Ni la corpulencia. Y, no obstante, rozo el fanatismo y me voy instalando en la obsesión porque el miedo es libre y porque en un par de ocasiones la he sorprendido curioseando en dirección al pozo desde la ventana, cuando se supone que no soporta su presencia. Lo mira. Lo estudia. Anticipando quizá la humedad y el aspecto de la superficie negra sobre la que flotan decenas de espesos ramilletes de insectos muertos. Quizá preguntándose si podría sumergir un cuerpo adulto en ese pozo. El cuerpo de una cuidadora imperturbable que ha de seguir entregada a una labor que a muchos se les antojaría lamentable y hasta de mal gusto.

Si la existencia se basara en las estadísticas, en las matemáticas, todo sería más sencillo. Sube una cifra, baja otra. Se dispara un nivel por un lado, lo equilibramos por otro. Pero no hay manera de evitar la intervención de las emociones. Somos seres rebeldes y nos rebelamos.

–Lo único importante en la vida es seguir –digo como si me dirigiera a ella, aunque en realidad me dirijo a mí–. Seguir, seguir y seguir.

No se vuelve. No me responde cuando la llamo por su nombre. Lo mismo todavía no se identifica con él, pero ahora éste es su hogar, está conmigo en esta casa aislada, y conmigo se llama Liu. El nombre que le dio su padre sigue asociado a lo ocurrido y no podemos usarlo. Aquí ha de cambiar y transformarse en otro ser.

6

Hay quien cree que es preferible la compañía de los perros a la de las personas, y yo misma soy de esa opinión. ¿Acaso no desearía poder acariciarles las orejas, vigilar su sueño, sacarles para que corran y ver cómo se alejan, sólo eso, en vez de tener que estar con una niña que me resulta tan molesta cuando llega corriendo y se me abraza a la cintura para gimotear y chillar que tiene que salir de este sitio? Que necesita que le compre un vestido nuevo. Que quiere viajar a todas las ciudades del mundo. ¿Acaso no querría ponerme a chillar yo también mientras imagino que me deshago de ella y la empujo para que no me incordie? Termina de merendar y se levanta sin recoger nada. Está cansada después del paseo. Lo noto por cómo se mueve. Se irá pronto a la cama, quizá sin cenar, y yo me quedaré en esta butaca, intentando anticipar lo que va a pasar mañana. Si la bruja decidirá salir o no de su armario. Si disfrutaremos de una jornada relajada o si tendré que echar mano una vez más de la lista de correctivos que tanto me ayudan a reconocer sus debilidades. Dominar sus manías y la atracción pavorosa que le siguen produciendo la sombras y el agua turbia de los pozos. Intento repetirme que no hay de qué preocuparse, que lo que sucede ahora no es lo que va a suceder siempre, pero no me resulta fácil estar aquí. Como una mujer encadenada a una roca. Y tampoco es fácil para Liu, que unos días se ve como un hada y otros, en cambio, como un monstruo.

Tengo que ser complaciente con ella, lo sé. Pero para mí siempre será lo segundo, una aberración sin remedio.

Empieza dulce mundo

I

Lo supo desde muy joven, que debía estar a sus cosas. Descubrir qué le interesaba, qué inquietudes eran las suyas, analizarlas y aceptar que resultaban tan lícitas e importantes como las de cualquier otro mortal. Pero semejante conocimiento la había arrastrado al desierto, expulsada de su zona, la única que había conocido hasta entonces, y ahora avanzaba por un paisaje tan monótono y hostil que debía centrar toda su atención en lo que veía y no en lo que creía ver, en lo que oía y no en lo que creía oír.

Pronto se detendría para descansar, pero hasta entonces debía seguir andando, a buen paso a pesar de lo que le pesaba la maleta y de lo complicado del terreno, alejándose del que había sido su hogar. «Lo que tengo que hacer es no perder la línea recta», se dijo. Y sintió aún más el rigor del sol en los labios y el tormento que le producían los guijarros del camino entre los dedos de los pies porque el cuero crudo de las albarcas no le servía de mucho. No se había llevado un sombrero ni tampoco un pañuelo con el que cubrirse la boca y aliviar así no sólo la sequedad sino también los embates del viento y, cuando no se trataba del viento, los ataques de las moscas. Sabía lo que era el odio, y en ese momento la naturaleza la odiaba a ella.

Ni siquiera había acariciado a los perros. No se había despedido de sus padres. Y se preguntaba ahora, mientras seguía escuchándose a sí misma, con la respiración desigual, el pulso en las sienes, si podría haberse quedado con ellos, sentados todavía en el banco de piedra adherido a la pared principal de la casa, y contarles lo que había hecho, al tanto de que iban a escucharla e iban a tratar de entenderla. Haberse aferrado a sus consejos en lugar de ponerse a vagar errante y perdida por la tierra, ocultándose, huyendo de una culpa que era demasiado grande.

Pegó un nuevo tirón de la maleta y se quedó mirándola con la idea de deshacerse de ella, sabiendo que no iba a hacerlo. Elevó la cabeza al cielo:

–¿Por qué me haces esto? –susurró.

Y esperó una respuesta de quien la observaba desde arriba y le apoyaba un gran dedo índice en la cabeza para señalarla, aplastarla y hundirla en el suelo. «Y tú, ¿qué has hecho?», le preguntó. Mientras ella se preguntaba lo mismo. «Y yo, ¿qué he hecho?».

2

Se había lesionado la mano al dar el golpe final y no llevaba ningún ungüento en la maleta con el que aliviarse el dolor. Entrecerró los ojos para intentar localizar algún rincón habitable en el horizonte, alguna figura que aislar y reconocer, pero todo lo que vio ante sí fue más planicie y más desierto. Ni una cabra, ni un sembrado. Se sentía enferma y estaba sola, sin poder tratar a nadie bien ni a nadie mal porque no había nadie a su lado. Así que se detuvo, dio un sorbo del odre de piel en el que llevaba el agua, se pasó el dorso de la mano sana por la frente y luego se palpó los bolsillos del pantalón en busca de algún trapo con el que protegerse del sol. Todo lo que encontró fue la nota en la que había escrito a lápiz lo necesario para mejorar la calidad del terreno que tenía previsto trabajar cerca de su casa. Materia orgánica con la que hacerlo fértil. Minerales y nutrientes. Nitrógeno, magnesio. Fósforo y potasio. Sin piedras. Había dejado preparadas las sacas que contenían esa tierra y sólo debía echarla con la carretilla y distribuirla a paladas. Pero eso tendría que esperar hasta que la perdonaran. Hasta que le permitieran darse la vuelta y volver a su hogar después de haberse entregado a los días de rezos y vigilia que tenía aún ante sí. Después de haber mostrado su arrepentimiento al mundo con cientos de ejemplos que incluirían la aceptación de la sed y el agotamiento, la falta de descanso durante el sueño, la superación de su propio orgullo y de la ira que se le repartía por el espinazo y le hacía perder el equilibrio.

Levantó la mirada de nuevo para preguntar si iba a poder volver. Dirigiéndose a quien la observaba en todo momento después de haber desaparecido justo en el instante en que tendría que haber estado más presente. Elevó las manos y las mantuvo de esa manera, alzadas hacia el cielo: «¿Voy a poder regresar o no?».

Esta vez no obtuvo respuesta.

3

¿Cuándo iba a dejar de humillarla?

Llevó los ojos hacia un agujero que se abría en una de las pocas elevaciones del terreno y decidió que era allí donde se iba a detener para comerse un trozo de torta y tenderse un rato. Dejó la maleta abajo, entre dos columnas de roca, y ascendió por la ladera descubriendo alrededor unas sombras que ella no proyectaba, y torpe, como si le hubieran atado unos pesos a los tobillos con cuerdas enmarañadas y fuertes nudos. La cueva no era profunda, y desde allí se fijó en lo anaranjado del atardecer que ya comenzaba y que se iría convirtiendo en un rojo poco apropiado para su estado de ánimo. Un rojo que le haría recordar las convulsiones y los espasmos que habían llegado después del golpe y justo antes de la quietud absoluta, cuando ambas se quedaron paralizadas en una postura que hacía pensar en dos cuerpos que se protegen tras la lucha. Ahí estaba su hermana, derribada, sin decir nada, derramando su sangre en un suelo que iba a convertirse en un material de desecho espeso e incultivable. Y ella de pie, contemplándola, con la quijada aún en la mano, queriendo llamar a su padre y sintiéndose aún más sola. Con un rencor que le recorría la piel sudada de los brazos que eran ya del color de la arcilla y la parte posterior del cuello, también sudado, por donde le caía una coleta recogida con un lazo.

«¿Por qué te enfureces?», le habían preguntado desde arriba. Y la respuesta, de haber existido, habría aludido a su primogenitura y a los privilegios que deberían serle inherentes.

–Pero ni un cumplido, ni una felicitación. Ni una palabra amable. Sólo la voz de mi hermana en vuestros oídos. Sólo sus ofrendas expuestas a vuestra consideración. Su manera de bailar por las tardes entre las ovejas. ¿La favorita? ¿Tenía que haber una favorita?

Ella había querido ponerla de rodillas, tirarla al suelo boca abajo, hacerle abrir la boca y que masticara su tierra, que se tragara su tierra (¿notas el sabor, la textura?), pero dio con la quijada, al alcance de la mano, y si estaba ahí era porque alguien así lo había dispuesto. Al fin y al cabo, todo estaba escrito, y contra lo escrito no había nada que hacer. Sólo acatarlo y someterse. De modo que ¿debía acusarse a sí misma como responsable de aquel acto? ¿Había sido suya la elección? En ese ahora en el que se encontraba, en ese segundo que daba forma a su vida, no se veía capaz de precisarlo.

4

Empezaba a hacer fresco. Abrió la maleta y sacó una pelliza de piel que no le pertenecía porque era de su hermana muerta, pero que le iba a servir de abrigo para la noche que se acercaba. Aquello fue lo primero que escondió en su equipaje, después de envolver en ella la quijada de asno aún manchada. Con una prisa que haría que quien la observaba creyera que estaba en presencia de una mujer inclemente. Impaciente y retorcida. De todo menos bondadosa. De todo menos compasiva. Un ser irracional al que no le quedaba ni una chispa de cordura en el cuerpo. Colérica y solitaria. Y eso que aún no había pedido explicaciones. Y eso que aún no se había puesto a gritar como podía gritar para preguntar por qué sus ofrendas de los frutos del suelo habían resultado menos apetecibles que las de su hermana. Por qué tenía que ser ella la primera fugitiva, la primera asesina. La primera en nacer fuera del jardín tras la expulsión de sus padres, y la primera en huir y vagar por el mundo marcada por una señal que haría que todo el que se cruzara con ella la temiera. Arrastrando una maleta, dirigiéndose siempre hacia el punto del horizonte por el que aparece el sol hasta dar con el que pudiera llegar a ser su sitio. Tal vez esa zona conocida como la tierra de Nod, ubicada, como sabía, al este del lugar llamado Edén. Ese paraíso en el que habitaban todas las bestias del campo y todas las aves del cielo.

Primera sangre

I

Quiero tanto a mi madre que me hace daño. Noto el dolor. Es físico. Forma parte de la materia de la que estoy hecha. Y configura mis rasgos. Localizo el dolor entre las costillas. En los ojos y en los músculos de los brazos. Me limita esta manera de quererla, y tanto dolor hace que me tiemblen las manos y me pesen las piernas. Casi no puedo moverme. No puedo responder ni mucho menos enfrentarme a ella. No es que le tenga miedo. No se lo tendré nunca. Pero no sé dar con la forma de hacerle saber lo que me pasa. Sólo soy capaz de advertir esta desolación que me paraliza y que me desquicia por no poder comunicarme con ella ni saber a qué puerta debo ir sin que el picaporte chirríe o la madera cruja. ¿Ha vuelto a golpearse contra las paredes? ¿Sigue chillando? No permite que me concentre ni sé cómo defenderme. Lo único que percibo es este dolor que me hace sudar, que me da fiebre y me provoca vómitos en medio de una oscuridad que consigue que cada día parezca más difícil que el anterior. «Mamá...», le susurro desde las escaleras. «Mamá... ¿Dónde estás?». Intentando que los ojos se me acostumbren a la penumbra. Sé cómo es. Qué aspecto tiene. La noto. La llevo alrededor. También ella me nota y me conoce, sabe cómo soy, cómo me comporto. ¿Le pareceré horrible? A veces creo que se esconde de mí, que se avergüenza de mí, cuando todo lo que deseo yo es estar a su lado, saber lo que hace, oír lo que dice, sentarme en el taburete de la cocina para que me enumere las regiones de Europa en las que hay osos pardos y para que me planifique las lecciones del día durante el desayuno. Que me hable de la última novela que ha leído sobre el viaje en coche de una chica que tuvo que cruzar un país de costa a costa o que me explique la última película que ha visto sobre una familia aislada en una casa en la que empiezan a pasar cosas. ¿Está diciendo alguna palabra? ¿Murmura algo? Vuelvo a llamarla, pero no me responde. Ella suele repetir que se encuentra perfectamente y que no hay nada en el mundo que le estorbe o le moleste, pero en el fondo creo que no quiere seguir. Dentro de poco volverá a tomarse dos pastillas más. Lo hará en cuanto descubra dónde ha puesto el bolso. Y no es fácil coexistir con algo así, con una madre que no quiere vivir. No resulta humano ni parece asumible. «Mamá... Ven». La espío y se lo recuerdo, que no puede alejarse de mí. Que soy su hija y estaremos unidas para siempre. Pero ella no contesta. Internamente le pido que abandone esta postura irracional, que deje de aferrarse a una fantasía. Que se habitúe a la luz del sol que se filtra por las rendijas de la persiana y que no me atribuya a mí lo que quiere hacer ella. La vida es movimiento y estoy segura de que podría encontrar otro hogar al que irse y llevarme. Como ya le he dicho una y otra vez, todavía puede huir, dar con un lugar seguro, escapar del doctor Richter y alejarse de esta casa de piedra que es una jaula, en la que nadie querría estar más de un día y en la que ella lleva encerrada toda la vida. Que no pierda esa esperanza y cuente con que alguien nos ayudará de verdad.

Pero no me habla.

Me alimenta, me da agua, y se queda medio dormida. ¿Estará bien? Sólo necesito saber eso, que está bien. Porque no soporto la idea de que vuelvan a hacerle daño.

2

Debe de hacer viento porque la hoja de una ventana da contra una pared, o eso me parece, aunque nadie vaya a ver de qué se trata. De alguna forma tendremos que ponerle fin a esta situación. Las puertas de la casa llevan años cerradas para ella, la única hija del pianista Heinrich Richter que sigue con vida, y son muchos los que opinan que su situación es inhumana. ¿Por qué no nos vamos? ¿Por qué se empeña en seguir aquí? Sólo hay una persona que parece atreverse a decirle en voz alta lo que le digo yo por dentro constantemente: que tendría que estar alerta. Que tendría que echar a correr sin más confiando en sus reflejos y en su rapidez para alejarse de Richter. Quien le habla así es el anciano que se encarga de traernos la comida una vez a la semana y que atiende a las pequeñas excentricidades que mi madre incluye a veces en sus pedidos.

–Sé que muchos dirán que soy el único de la zona que está lo suficientemente loco como para seguir poniendo los pies en la casa Richter –el anciano nos mira de reojo–: Y yo les respondería que también soy el único que mantiene un corazón medianamente cristiano en el interior del pecho. Esta chiquilla está sola, les diría, y no vamos a dejar que se pudra. ¿O sí? ¿Vamos a dejar que la cría se muera de hambre y de asco?

El anciano asegura ante mi madre que se preocupa por su dicha tanto como por la de sus propias hijas, pero que está al tanto de que también ella tiene un padre, e insiste en que ese padre debería encargarse de ella y de la que viene (yo). Cuidar de las dos en vez de dedicarse a quemar cosas como ha estado haciendo recientemente en la parte trasera del jardín.

–¿No te has enterado, minena? –le pregunta a mi madre.

Que no se ha enterado de nada.

Gran parte de sus muebles y de sus papeles, al parecer. En una hoguera descomunal que ha ardido jornadas enteras.

Quizá sí hayamos olido el humo. Quizá sí hayamos oído cómo se ha dedicado el doctor Richter a juntar la mierda que hay por todas partes en los límites de lo que es suyo, al alcance de su vista, y cómo sus pisadas han resquebrajado las hojas secas del suelo por las tardes, cuando en el cielo todo empieza a ser gris. En cualquier caso, no ha tocado los libros que fueron de su esposa y de la madre de mi madre porque los guardamos nosotras junto a las láminas ilustradas con las oraciones de cada día. Los libros de los que memorizamos párrafos enteros. «Si mi turbada vista no me miente, / paréceme que vi entre rama y rama / una ninfa llegar a aquella fuente.»

El anciano nos dice al irse que seguro que no sabemos lo distintas que son entre sí las flores de la almizclera, con su color morado o violeta, y las de la malva, que él se ha comido alguna vez. Ni la diferencia entre la lavanda y el espliego. Se despide dándole un zumo a mi madre como regalo para que lo comparta conmigo.

–Toma, anda. Bebe –y observa cómo le tiemblan los dedos al sostener el vaso.

–Gracias –dice ella secándose los labios con una mano.

Nos quedamos solas otra vez.

Y pensamos en las lecciones que nos da el doctor Richter, sentado al piano, acerca de las diferencias entre la armonía y la melodía, cuando se pone a tocar y se empeña en que su hija se siente a su lado, tan parecidas a las lecciones que nos da el anciano acerca de las plantas. Somos conscientes de que los hombres no se parecen en nada, ni en la voz ni en la actitud ni en la intención. Pero ambos nos hablan sin parar de las diferencias entre y entre (flores y música), y eso, de alguna manera, hace que los relacionemos.

3

Se va el anciano y mi madre se siente aún más atrapada que antes. Es en estos momentos cuando se pregunta con mayor ahínco por qué ella sigue viva y sus hermanas no. Entrecierra los ojos y piensa que le resultaría mucho más fácil desaparecer si yo no existiese, y entonces yo decido que tendré que hacer algo pronto, antes de que ella se plantee acabar con todo de verdad. Lo más sencillo sería pactar una alianza entre las dos y terminar con el doctor Richter, pero para eso mi madre tendría que advertir que estoy de su lado. Moderar sus cambios de humor y dejar de ser tan ingenua. También tan desconcertante.

Cada vez que sentimos los pasos de Richter por los pasillos notamos un nuevo dolor en los oídos.

–Es mejor que no me juzgues –dice él–. Aún es pronto para eso. No me juzgues.

Mi madre le mira desde la puerta de cristal translúcido, color ámbar, del salón, y divisa en efecto un par de columnas de humo que ascienden hacia el cielo desde el jardín de atrás. «Como enjambre de abejas irritadas / de un oscuro rincón de la memoria / salen a perseguirme los recuerdos / de las pasadas horas.»

–No intentes adivinar mis pensamientos –sigue Richter, sentado al piano–. No tienes ni idea. No sabes cómo es mi vida ahora ni tienes ni idea de cómo fue antes. Así que ni te atrevas a opinar.

Ella no dice nada. Observa cómo él le tiende una mano:

–Ven. Quiero enseñarte algo. Acércate. ¿Lo ves? Aquí. Que te acerques, hija. Es un trozo de planta. ¿Qué te parece? –Toma la nuca de mi madre con la otra mano y la fuerza para dirigirla justo hacia el lugar donde él quiere que mire, donde él indica–. Se me clavó un pincho y no me lo he quitado. ¿Lo ves ahí? Lo he dejado incrustado a propósito en ese dedo para que me crezca la naturaleza por dentro. ¿Qué te parece? Bien, ¿no? Pues contigo es igual. Una parte de mí se ha incrustado en ti y ahora está ahí, formándose. Hermoso, ¿no? ¿No te parece hermoso?

No hay respuesta, de modo que él se contesta a sí mismo al tiempo que agarra la cabeza de mi madre, desde el pelo hasta la barbilla, y la acciona de arriba abajo como si la cabeza admitiera como cierto todo lo que él expone y todo lo que él afirma. Con una adhesión sincera y completa. Una aprobación que se extiende más allá del lugar en el que estamos, frente al piano, y llega a cada rincón de la casa. Hasta las puertas y las paredes laterales en las que cuelgan los cuadros de unas dunas próximas al mar. Sus zapatillas. Su camisa planchada. Su cigarro. Su cena puesta. Su pescado sin espinas. Su vaso de cerveza. Su copa de coñac. Su radio encendida. Su pañuelo limpio. Su cuchilla de afeitar. Su loción. Sus zapatos brillantes. Su peine sin pelos. Su bañera sin restos de uñas cortadas. Su váter sin sus propias gotas de su propio meado. Su beso en la boca.

–La paciencia no es una de mis virtudes –remata–. Aunque eso ya lo sabes.

4

Él siempre va a jugar con ventaja. O eso cree. Si yo pudiera hablarle, y si él quisiera escucharme, le diría que los miedos se heredan y que todo el terror que le está infundiendo a su hija se va a hundir en mí sin que yo haya hecho nada para merecerlo. Tampoco ella ha hecho nada para merecerlo. Pero para Richter su hija constituye un objetivo y una recompensa. Es la heredera que va por las habitaciones sin lavarse el pelo, sin ducharse, dejando la cama sin hacer. Mirándose los brazos mientras se come los arándanos que por la mañana encuentra en una taza blanca, sobre su mesilla. La criatura que se toma sus pastillas, se acerca a las ventanas para contemplar desde arriba las baldosas rojas que rodean el perímetro de la casa, y se muerde las uñas hasta la carne, de forma que también yo me morderé las uñas hasta la carne.

–Te sorprenderías de todo lo que sé hacer y no hago –sigue el doctor Richter–. Todo lo que podría estar viviendo y no vivo por estar aquí contigo. ¿Y me lo agradeces? No. Qué va. Me odias. Como si no te hubiera dado la vida una y otra vez.

Ella hace grandes esfuerzos para levantarse de allí donde haya ido a sentarse y grandes esfuerzos para tenderse cuando advierte que se está quedando sin energía. Se mueve despacio y cada vez está más torpe, pero si quisiera alejarse, si lo intentara, yo iría detrás de ella porque aquí no estamos a salvo.

–Ya lo dice el libro: «De tal madre, tal hija». Anda, ven. Vamos a tocar el himno de los panes y los peces.

Todos necesitamos pensar que los demás nos quieren, que nos miran con los ojos del cariño. Y eso es lo que necesito saber yo: que mi madre me quiere. A mí. Ella. Queriéndome. A mí. Se trata de algo instintivo. Como la necesidad de respirar y la necesidad de rezar. El aire que ella respira es el aire que respiro yo. ¿Y qué es rezar? ¿Pedir u ofrecer? Alzo los ojos y clamo por que ella me escuche y me responda por fin con una señal que nos ponga en marcha a las dos. Un gesto. Cualquier pista que me haga ver que ha llegado el momento de echar a correr por el pasillo hasta desaparecer sin aplazarlo más. ¿Lo hará? Con sutileza pero con precisión, como las plantas que giran las hojas en busca de luz. Algo que logre que dejemos de estar a oscuras cuando en el exterior aún no ha anochecido y que evite que nos destruyamos mutuamente en esta casa. A ver si comprende de una vez que primero tendremos que sobrevivir nosotras, protegernos nosotras, y ya veremos después qué hacemos con el doctor Richter, cómo nos deshacemos del padre.

Llámame mamá

I

Seguían flotando a su alrededor. Desfilando de un lado a otro sin comprender lo que era el silencio. Sin callarse en su deambular por el pasillo, como si formaran parte de un pequeño motín. Coreando en alto lo que hacían o lo que planeaban hacer. Dos de ellas repetían la palabra Muir, apellido de origen escocés, deleitándose en la dicción. Muir como moaré o Muir como morir. Muir, Miur, Muri. Y ella, sentada, las miraba y las escuchaba. Consciente de que no se acomodarían juntas ese día, sus amigas y ella, ante su secreter de cuatro cajones para anotar las lecciones de la mañana tras el desayuno, antes del paseo con los perros.

No podía decir que sus compañeras fueran bien vestidas ni bien peinadas. Ni siquiera que guardaran correctamente las filas. Se habían lavado, pero no se habían preocupado de hacerse una buena lazada del vestido a la espalda ni de subirse las polainas con cuidado, atendiendo a la disposición de la costura, procurando que no se torciera pierna arriba. Tampoco parecían haber dormido mucho. Arrastraban los zuecos y protestaban a su paso, mostrando su agotamiento. O su aburrimiento. La injusticia que se estaba cometiendo con ellas al hacerles cargar los sobres en los que otras residentes habían ido embutiendo las facturas. Al hacerles bajar de las estanterías superiores las cajas de libros, las clasificadoras y los expedientes de la A a la Z (Abad-Zúñiga). Al hacerles agrupar en el suelo de madera las carpetas en las que se habían amontonado sus calificaciones y las noticias más importantes sobre el internado, con fotografías en blanco y negro y fotografías en color. Se dejaban guiar por las órdenes de la directora y la jefa de estudios, que también circulaban ante ella, la privilegiada, la eximida, en su posición cómoda de niña observadora. Mirando cómo las dos gobernantas dirigían los trabajos de rescate y recuperación de documentos. Oyendo cómo insistían en su «Vamos hija date prisa que es para hoy» mientras apartaban a otra alumna. Y ella, sin moverse de un taburete, con los ojos fijos en los dibujos de su libro, sonriendo sin parecer ansiosa ni malévola. Con una sonrisa apocada pero inteligente, intentando pasar desapercibida. Porque era allí donde le habían dicho que estuviera y era allí donde debía estar. De manera absurda porque estorbaba a las demás. Conjurando (o deseando conjurar) con esa mueca estéril que surgía sin motivo el odio que le profesaban las internas. Porque era ahí donde le habían dicho que estuviera. Y era ahí donde estaba. Acatando las órdenes como acataban las órdenes las otras, que se movían, aunque ella no. Que se quejaban, aunque ella no.

Como era inteligente, sonreía para pedir disculpas. Con la expresión de los que descansaban en su huida a Egipto y la del arcángel Baraquiel esparciendo flores. La de los que acompañaban a santa Rosalía de Palermo. Los que confortaban a san Francisco. O la de los seguidores de Abraham. Para aclarar que no tenía la culpa de estar ahí sentada. Que no lo había pedido. Porque si ella hubiera podido pedir algo, habría elegido una taza de chocolate o un batido de chocolate o unas pastas de chocolate. Nunca estar ahí atornillada, leyendo mientras las demás sudaban y maldecían. Sudaban y se manchaban la frente y las mejillas con los dedos llenos de un polvo que se les quedaba pegado a la cara cuando intentaban secarse el sudor de la cara con los dedos. Llenos de polvo.

2

–Sabes por qué estás ahí, ¿verdad? –le preguntó una de las mayores al pasar cerquísima de ella, en el camino que avanzaba por la derecha y se dirigía hacia el jardín desde el almacén.

No. No lo sabía. Sólo obedecía.

–Te van a encerrar –dijo la misma chica al deslizarse de nuevo a su lado veinte minutos más tarde. Con la misma voz. La misma firmeza. Educada y suave–. Ese va a ser tu castigo.

Ella alzó la cabeza, dejó de mirar los dibujos de su libro y sonrió más. Como si su boca respondiera a una necesidad física. La Asunción de la Virgen. La castidad. La alegoría del invierno. Iba a tener que contar hasta siete. Siete días de la semana. Siete pecados capitales. Siete sacramentos. Siete notas musicales. El siete era un número bueno, y ella era buena. Así que iba a contar hasta siete para asegurarse de que no la dejarían encerrada. Que se iría cuando se fueran sus compañeras. No había motivos para pensar lo contrario.

–¡El libro! ¿Te he dicho yo que dejes de mirar el libro?

Una de las gobernantas, la jefa de estudios, se inclinaba y escupía sobre el sacrificio de Isaac, lo que podía juzgarse como blasfemia por acción, pero ella volvió a sonreír y a hundir la cabeza en la página.

–Retírate esas greñas de la cara.

(Ayuda, ayuda, ayuda), pidió. Dejando el libro abierto sobre las piernas y recogiéndose con las dos manos el pelo que le llegaba hasta el suelo ahora que debía quedarse en un taburete.

–Pareces una pordiosera. Estudia lo que viene ahí. Apréndelo y retenlo. A ver si así dejas de tener esa pinta de chiflada.

¿Estarían hablándole a ella? ¿No se estarían equivocando de alumna? Era una cosa tan rara esa altanería repentina. Ese desprecio. ¿Dónde, en qué parte de la fila se encontraban sus amigas? Porque tenía amigas. Alguien debía de quererla aún en el espacio en el que había vivido siempre.

–Habrá que sacrificar una cabra.

–¿Qué?

–Sólo así te cubriremos.

Quien le hablaba de esa manera se había comportado con ella como una madre desde su nacimiento. Había sido su niñera. Su hada. Había jugado con sus piezas de construcción, había unido los puntos de sus dibujos de párvula, le había curado las costras, había secado su frente febril, le había explicado a qué se debían las primeras sangres. Y ahora le decía a la menor oportunidad que no debía haberlo hecho. A la menor oportunidad.

–No haberlo hecho.

¿No haber hecho qué?

Se le estaba marcando el borde del taburete en la parte inferior de los muslos. La textura de la madera, las astillas sueltas.

La directora se mostraba comprensiva, lo intentaba al menos, mostrarse comprensiva, pero no atendía a las preguntas de su pupila porque su pupila, con los puños cerrados y los ojos impresionables, con su rostro de niña atenta que podía tener comportamientos de bestia, esa pupila se hallaba en aquel momento a años luz de ella, la directora.

–Ya se va tu amiga.

–¿Se va también Lucrecia?

–Claro que se va Lucrecia. Se van casi todas. Sólo se quedan las que son como tú.

A ella le brillaban los ojos, convencida de haber perdido el color rosa del rostro.

3

¿Qué había hecho? ¿Qué habían descubierto? ¿Lo que hacía en la bañera? ¿Los objetos que se metía en la boca? ¿Que tiraba la carne a la basura o se la echaba a los perros? No sabía en qué iba derivar aquel frufrú de faldas, aquel transitar de expedientes y ahora también de maletas y mantas. ¿Sería para bien lo que estaba sucediendo? ¿Vendría escrito su prometedor futuro en un cuaderno con páginas de pergamino? Su porvenir. Su meta. ¿Estaba destinada a grandes hazañas, hermosísimas aventuras? La profesora de Ciencias Naturales les había dicho un lunes por la mañana (empezaba el mes de octubre) que no eran más que partículas abandonadas en un universo eterno y hostil. Y si ella era sólo un puntito que hablaba y hacía exámenes y compartía con otros puntitos sus pensamientos, sus dudas y proyectos, sus penas y aspiraciones, ¿podía considerarse la elegida y predecir que su existencia se vería exenta de tristezas? ¿Volvería a hablar de Novalis y del Romanticismo? ¿Volvería a mirar hacia arriba, al cielo, y a dejarse llevar por la búsqueda y la introspección sin sentirse una criminal, una alumna marcada? Señalada por los demás.

¿Cómo saberlo?

Lo mismo se estaba volviendo loca.

Debía consultarlo.

Preguntar en qué situación iba a quedar ahora. Averiguar el nombre del pintor que plasmaría en un lienzo su retrato, sus ropas de invierno (bufandas, guantes, calcetines mullidos) y sus pies descalzos en verano. ¿Quién querría tenderse a su lado si sus amigas se iban y si las niñas que tenían padres se iban y si las que podían terminar los estudios en otra parte se iban, y sólo se quedaban allí las crías sin familiares cercanos que quisieran acogerlas en su casa, al menos una temporada? En sus salas de té. En sus salones. Sus dormitorios. Sus cocinas perfumadas con especias y hierbas aromáticas.

4

Uno de los perros perdía mucho pelo. En la cocina. En el porche. En el pasadizo al que daban las habitaciones. O tal vez se tratara de varios perros a la vez. Había mechones de color blanco y de color naranja por todos los rincones del internado. Sobre las alfombras. Pegados a las patas de los muebles, las mesas y las sillas. La jefa de estudios se agachaba, hacía pinza con los dedos, recogía las pelusas, las examinaba y luego las tiraba por una ventana. O las dejaba caer al otro lado de una puerta abierta. Siempre se había creído (ella siempre lo había creído) que los perros perdían el pelo con la llegada del verano, pero resultaba que también lo hacían en otoño.

–Como los humanos. ¿A ti no se te cae el pelo en otoño?

Acariciar a los perros. Contemplar la variada actividad de los perros. Mirarlos cuando dormían y soñaban que corrían. Oír cómo bebían. Partirles un trozo de pan y dárselo antes de que dejasen de dar vueltas y se lanzasen contra la mano de la discípula que hubiera partido su pedazo de pan o contra uno de los brazos de esa misma discípula o contra sus piernas. Examinarles los dientes, las uñas. Amar a los perros. Querer a los perros como no se quería a ninguna persona próxima o lejana.

–Es muy importante el entorno en que crecemos. Para el desarrollo de las habilidades artísticas, expresivas, espaciales...

Solía decir la directora.

Aunque ahora sólo repetía:

–Y que haya tenido que pasarnos esto al comienzo del curso...

Ella seguía escuchando las voces de las demás en su ajetreo por el pasillo y notó que se le cerraban los ojos. Para mantenerse despierta se olvidó del libro que tenía sobre las rodillas y se fijó en los cristales de la pared opuesta, que dejaban adivinar las nubes del exterior. Recordó que los griegos creían en la existencia de caminos que llevaban al inframundo. Y se adjudicó la tarea de traducir ese pensamiento al alemán porque el alemán era la lengua perfecta para iniciar su siguiente disertación en clase de Filosofía. Mucho mejor que en la de Geografía. Las otras se iban, pero ella se quedaba. Y aquella estampida de colegialas, aquella evaporación de condiscípulas, su traslado, su éxodo, podía ser una buena ocasión para pasar de curso sin tener que estudiar mucho más. Si se iban las alumnas más listas, las que disponían de plumieres llenos de pinturas de colores comunes (azul y marrón), colores raros (malva, terracota) y lápices con diferentes tipos de mina, si se quedaba ella con las más jóvenes y las menos favorecidas, tal vez la pusieran pronto en uno de los pupitres de la primera fila y en un curso más avanzado. Aunque sólo fuera con el propósito de que las profesoras no se largaran también. Para que no desistieran de su empeño. Para que siguieran pensando que su labor tenía un sentido. Que aún podían reconducirla y hacer de ella un ser honesto capaz de reconocer lo bueno y distinguirlo de lo vil. Ya que su naturaleza no le proporcionaba por sí misma las pautas correctas, le harían memorizar los comportamientos más adecuados y lograrían que interiorizara que el obrar individual debía ajustarse a unos patrones conformes a la moral.

De ello se encargarían las cuidadoras que habían vivido siempre a su lado. Las que estaban al tanto de sus debilidades. De los cambios en sus facciones cuando empezaba a quedarse dormida. Sus ansias y contradicciones. Las que sabían descifrar el sonido de sus tripas hambrientas minutos antes del almuerzo. Las que controlaban los extravíos de sus brillantes ojos.

5

Saldría a la pizarra y pondría cruces junto a los nombres de las niñas que se portaran mal.

Muir. Muir. Muir.

Presentaría un escrito bien documentado sobre los cefalópodos. De diez folios. Un ensayo sobre los nombres de las articulaciones humanas. Una relación íntegra de los seres que expulsan llamas.

Muir. Muir. Muir.

Ella había conocido a una señora Muir, pero las demás no lo sabían. No debían saberlo. Sus transacciones tenían que mantenerse en secreto porque sólo en secreto podía entregarle una niña a la señora Muir, que quería una hija y que se llevó a la enferma recién llegada con la que aún no se había encariñado nadie y que necesitaba tres gotas de medicina tres veces al día en sus cucharadas de leche con miel. La niña que jadeaba en vez de respirar y arañaba cuando pretendía hacer una caricia. Que necesitaba que le pusieran crema por todo el cuerpo, piernas, pies, y berreaba cuando le inyectaban el líquido ambarino que ella había olido y visto desde sus múltiples y variados escondites de debajo de una silla, debajo de una mesa, detrás de un sillón tapizado de rojo y dorado, detrás de las cortinas que caían hasta el suelo en el aula de las tutoras o inmovilizada en el interior de la blanca estantería que ascendía hasta el techo de la biblioteca. La niñita que a veces lloraba mucho y que a veces no lloraba nada, circunstancias ambas que preocupaban por igual a quienes debían encargarse de ella. Esa criatura con un organismo incapaz de retener la salud.

La señora Muir quería una hija.

Y ella le dio una hija a la señora Muir. Así fue.

Sólo que la señora Muir no sabía que la niña había nacido hinchada. Cerúlea y decaída. La señora Muir no quería una hija marchita ni quería que su hija marchita terminara muriendo.

¿Se la habría comprado de haber sabido que estaba enferma?

–La señora quiere otra niña. Y dice que no va a pagar más. Ni un céntimo más. Exige una sana. Pero aquí no vendemos niñas. ¿Verdad que no? ¿Vendemos niñas, mi reina? Responde. ¿Nosotras, en este internado, vendemos niñas? ¿Lo hacemos?

Ella sí. Lo había hecho.

Y ahora la señora Muir estaba furiosa.

Se había presentado en la puerta a los tres días, quizá a los cuatro, reclamando justicia después de haber hecho circular cada pormenor (fechas, costes) de un extremo a otro de la población. Por los rincones en los que se instalaban sus convecinos a beber y comer pipas, a veces sobre un suelo de serrín, a veces sobre la capa restante del químico color coral con el que mataban a las hormigas en los meses de junio, julio y agosto. Por los compartimentos del tren y las vías de la estación, de pasajero en pasajero. Había ido difundiendo su desdicha por los andenes. Había aullado en sueños. Acurrucada en su nido, junto a la cuna de la criatura que ya no estaba, pataleando. Chillando que le habían entregado a una niña en mal estado. Una niña que llegó a este mundo descompuesta. Y como aquello era un crimen, tenía derecho a una compensación. A reclamar lo que era suyo.

–Ya me parecía a mí demasiado barata –repetía.

Ella, la alumna que seguía en el taburete y en cuya cabeza se había gestado el plan (estrategia y desempeño), consideraba poco digno y poco aristocrático ir vociferando como lo hacía la señora Muir. Tampoco le parecía nada digno haber tenido que mentir en el despacho de la directora después de escuchar la historia de la niña desaparecida y después de que le preguntasen si sabía dónde estaba. ¿Tú sabes algo? Haz memoria, piénsalo con calma, no hay prisa. ¿Qué has hecho? ¿Vas a decirnos qué es lo que has hecho? Tuvo que negar con la cabeza y pronunciar un conciso «no» mientras se reafirmaba en su razonamiento, que venía a determinar que resultaba lícito facilitarle una cría a quien la requiriera, ya que había muchas crías en el mundo. ¿Cómo iba a sospechar que la señora Muir la acusaría directamente a ella? ¿Cómo imaginar que iba a sentirse tan humillada?

Y ahora, mientras asistía al desalojo y a una exclusión próxima a la excomunión, reflexionaba acerca de la necesidad última de semejante comportamiento. La proporcionalidad. Se cuestionaba si la violencia y los excesos de tanta queja iban a influir en unas consecuencias más o menos favorables. Una mayor compensación final. Una reparación más ventajosa. El desagravio.

Qué más daba. Esa sería la cuestión exacta.

Qué más iba a dar.

6

¿La dejarían morir de hambre? ¿Por eso le habían ordenado que se sentara en un taburete y no se moviera mientras las demás sí lo hacían?

Hasta ellas llegaba el olor del humo de la hoguera que preparaba el jardinero para calentarse el almuerzo y que anticipaba el fuego de las chimeneas, la inminencia del frío. ¿Debía temer por su vida, la suya, su propia vida? ¿Iban a dejarla morir igual que la recién llegada? ¿Apreciarían en semejante desenlace algún tipo de justicia divina?

7

La que había sido su nana durante años le daba ahora un golpe en la cabeza y luego un golpe en el cuello después de haberle revuelto el pelo larguísimo con las dos manos y después de habérselo enredado. La amenazaba con quitarle sus insectos y sus animales pequeños. Sus libros y libretas. Y ella seguía preguntándose por la importancia real de todo aquello. ¿Qué más daba? Con la cantidad de niñas que había allí dentro, con la cantidad de puntitos o partículas de niña que circulaban por el universo eterno y hostil, ¿qué diferencia había entre una u otra? ¿A quién podía afectarle que se llevaran dos bebés o que se llevaran cinco? Uno u otro. ¿Por qué no se la llevaban a ella? Directamente a ella. ¿Querría la señora Muir arrancarla del internado, sacarla por una ventana, por una tubería, por el sótano, y acunarla? Darle sus vasos de zumo al amanecer y al anochecer, sus papillas de fruta, sus purés y sus patatas fritas. ¿Querría la señora Muir ponerle sus vestidos de color aguamarina a juego con los zapatos y las horquillas del pelo? Ay, señora Muir, lléveme a mí. Señora Muir, entiérreme también a mí en una caja blanca.

Las demás no sabían de sus abstracciones ni de sus ruegos. La mayoría ni siquiera estaba al tanto de lo que había ocurrido a las puertas del edificio. Sólo espiaban de reojo a una discípula que se hacía nudos en el pelo y sostenía un libro de arte sacro sobre las rodillas, azotada por la directora en su merodear pasillo arriba, pasillo abajo, mientras ayudaba a arrastrar las maletas y los expedientes de las que se iban. Aquella alumna iba a ser su desgracia, con todo lo que habían hecho por ella, decía la jefa de estudios. Y escupía. Aquella muchacha había metido al diablo en su comunidad académica. Aquella criatura que pensaba en sus insectos (mariquitas, escarabajos) y sus animales pequeños (ratones, cobayas), que meditaba acerca de que lo bello podía coincidir con lo bueno, pero no tanto con lo útil y provechoso, y acerca de que todo lo que le quedaba por hacer esa mañana y esa tarde era seguir hundiendo la cabeza en unas páginas que aún no entendían el concepto de cultura moderna, emitiendo un incoherente sonido entrecortado y neutro. Algo parecido a mah-mah.

El cazador

La señora Cooper se sienta en la mecedora con el rifle sobre el regazo. Consciente de que el predicador no va a volver, pero también de que la pequeña Pearl no olvida que fue su hermano quien le arrebató la muñeca para golpear con ella al hombre que podía haber sido su nuevo papi, mostrándole a todo el mundo dónde estaba el dichoso dinero. Después de haberse pasado la vida tratándola como si fuera tonta e insistiéndole en que tuviera la boca cerrada.

–Que el Señor proteja a los niños –murmura la anciana Cooper.

Y luego tararea su himno: «¿De qué preocuparme? ¿Qué he de temer?».

Ya no eran tan niños. Los años habían pasado y Pearl estaba al tanto de lo que significaba necesitar ese dinero y no tenerlo. Diez mil dólares. Cada vez que tiraba a su hermano al suelo y se sentaba en su estómago, la mujer intervenía para proteger a su pupilo. Momento en que Pearl salía corriendo y huía río Ohio abajo repitiendo la canción de los bellos críos que habían echado a volar. Con una manzana en el bolsillo. Entre las tortugas y las ranas.

Regresaba arrepentida: no quería dar con sus huesos en la penitenciaría como sus dos padres. No obstante, cada ataque era peor que el anterior. En el último había alzado la navaja heredada del predicador con intención de descargarla sobre el cuello de su hermano.

–No he venido para traer la paz, sino la espada –dijo.

Así que la señora Cooper la espera por las noches, preparada. Temiendo que aquel cuento no termine en Navidad, según lo previsto, como Barba Azul, sino con una triunfante diosa de la venganza vagando por los bosques, iluminándose con una antorcha. Con el puñal ensangrentado en una mano y el pelo lleno de serpientes.

La casa de la eternidad

Y le construiría un templo. Y lo haría con las piedras ocres que abundaban en distintos tamaños y formas por todos lados, se mirase donde se mirase. Cavaría y aseguraría luego el terreno, superponiendo las piedras, ajustándolas bien, alternando las pequeñas con las medianas y dejándose guiar por las grandes y alargadas, con las que delimitaría los vanos de unas puertas que no darían a ninguna parte, pero necesarias para la ilusión verdadera. Tendría que labrar algunas. Pulir otras y dejar las más impracticables para las cavidades y las grietas.

–¿Por qué no lo asumes con algo de optimismo?

Habían crecido juntas, siempre juntas, la diosa y la sierva, y ahora, con la fuerza física y moral que llegaba de la mano de la edad y la adoración o, en su caso, la casi idolatría, se serviría de la inclinación del suelo para los escalones, tras el acceso oculto entre los matorrales, aunque esa particularidad todavía no le preocupaba. Sabría preparar cemento, nivelar la superficie. Darle una trayectoria vertical a los muros. Instalar vigas y canalizar el agua. Generar en el interior una estructura circular y poner asientos de piedra.

–¿Tengo que tratarte como a una cría que no entiende nada? Todos venimos con un propósito distinto. Un designio que nos supera y que a veces tardamos en comprender con claridad.

Su designio era el de abandonarla y entregarse a los demás. «Será doblegado el orgullo del mortal, será humillada la arrogancia humana», le leía. Creyéndose la elegida, la primera de las setenta amadas que esperarían la nueva venida. De modo que ella se lo pondría fácil: le construiría el templo. Y allí la internaría, ayudándola así a entrar en la eternidad. Favoreciendo su misión, su deseo de girarse hacia el cielo en busca de respuestas. El lugar en el que dedicarse a sus oraciones e invocaciones y a llenar de inscripciones las paredes. Su caverna, con su fuego y su muro de sombras. Donde olvidar lo mundano y lo aparente. Donde dejar de vivir. ¿No era eso lo que quería?

Siempre se había ocupado de ella, y no iba a dejar de hacerlo ahora. Su defensa, su refugio. Su constante seguidora. Lo que le haría preguntarse: ¿y si se metiera también ella en la cueva? Al fin y al cabo, los siervos morían con sus dioses. En una unión que en ese momento ni se atrevía a imaginar.

El sacrificio

I

Las niñas tienen que ajuntarse. Eso habían oído siempre. En el interior de la casa, cuando se sentaban en el suelo del salón y se miraban pensando en cómo salir de allí, y en el exterior, en el patio, cuando seguían mirándose, pensando en lo mismo. Se lo decía sobre todo la abuela de Adita. Ajuntarse. Ajuntarse. Aunque ser amigas resultó lo natural desde pequeñas porque vivían muy cerca la una de la otra. Compartiendo el zumo de media mañana, los chapuzones en la piscina, el bocadillo de la tarde, las historias de las mujeres que hacían punto y hablaban de sus certezas ante ellas. Con la convicción de que siempre había algo interesante que hacer. Algo importante que descubrir.

–Vosotras no os separáis nunca, ¿eh? –les preguntaban.

Y ellas se reían.

El sol caía sobre el pelo marrón liso de una, el pelo marrón rizado de la otra, mientras jugaban con las hojas de las higueras. Igual que les caía la lluvia cuando hacían presas con las manos en los regueros que corrían por las calles de barro sin asfaltar.

–Ya veréis cuando os echéis novio.

Y se reían más. Juntas a comprar el pan, juntas a recoger el encargo de la vaquería.

–Nos sigue un perro –dijo la mayor una noche.

Y Adita se giró sujetando con fuerza la lechera de su asa blanca de plástico.

–¿Qué dices? No hay nada.

–Míralo. Cada vez está más cerca.

Así empezó.

–¿De qué hablas?

–Ya verás como nos muerda.

2

Lo único que querían era que las dejaran en paz, y cuando dejaban de vigilarlas se escapaban al lugar secreto con los vestidos idénticos que les regalaba la madre de Adita, imaginando que eran Kelly y Sabrina, sin Jill, el tercer ángel: no tenían el pelo rubio y sólo eran dos, las mejores amigas.

–Sin nosotras ese perro no va a sobrevivir.

Así fue la segunda vez.

–¿Qué perro?

–El que nos sigue.

Sentadas en la roca de siempre, con las piernas colgando sobre la maleza.

–No hay ningún perro.

–¿Y tú qué sabes?

El olor del día. El brillo del sol de junio. Las hierbas secas que les arañaban las piernas.

–¿Te estás riendo de mí?

¿Se estaba riendo de ella?

–Yo no me río de nadie, pero tendremos que hacer algo. No sabemos qué quiere.

–¿Qué va a querer un perro que no existe?

Se llevaban cinco meses, mayo y octubre. Una tauro y la otra libra, regidas por Venus, que potenciaba su atracción mutua. Se lo habían repetido muchas veces, que lo habían decidido los astros y no podían separarse. Estarían siempre juntas, y así Adita cuidaría de su amiga, que no tenía madre. Las mismas aficiones. Los mismos deseos de armonía y equilibrio. Largarse y viajar. Sin mezclarse con las demás niñas por mucho que las demás niñas quisieran acercárseles y formar parte de su mundo de libros, películas y música. Maria Gripe. Ivanhoe. Joan of Arc, Maid of Orleans.

–¿No te aburres a veces?

–Contigo no.

3

Les gustaba contarse lo que comían cada día y lo que iban a cenar, en su afán por hacerse partícipes de cada momento de su vida. Adita eligió un trozo de bizcocho y se lo tendió a su amiga, intuyendo que no le iba a hacer caso.

–¿Quieres echárselo a ese perro tuyo? –preguntó.

–Se quedan ciegos, imbécil. No puedes darle azúcar a un perro.

–¿Por qué me insultas?

La otra se cruzó de piernas:

–Ya he descubierto qué quiere. Quiere llevársete. Por eso nos sigue.

Adita apartó la mirada.

–Tiene razón mi abuela en lo de que hay que ser muy paciente contigo. A veces pareces idiota.

–¿Eso dice tu abuela?

–Sí. Y también que una niña tiene que ser buscada. Que sus padres tienen que desear su nacimiento, porque si no irá por la vida dando tumbos. Te pone a ti como ejemplo. Pero no nos vamos a pelear por esta tontada.

–Lo que no entiendo es que no lo veas tú. Lo tienes justo delante.

Adita se levantó para mirar mejor, haciendo visera con una mano, y al volver a fijarse en su amiga se dio cuenta de que estaba temblando.

–¿Y por qué a mí? ¿Por qué no se te lleva a ti?

–¿Sabes lo que me dice tu abuela cada vez que le pregunto que dónde está mi madre? «A tu madre se la ha llevado un perro en la boca». Eso es lo que me suelta.

Adita no pudo responder. Se giró intentando no perder el equilibrio, con la idea de localizar no ya al perro, sino el camino que habían seguido para llegar hasta allí minutos antes, y dejó entonces de tener los pies apoyados en la roca. Sin llegar a entender qué pasaba, notó que los ojos se le nublaban en presencia de la luz brutal del sol directo en la cara, y aún con la certeza de que ellas podían permitirse eso y mucho más, convencida de que no había maldad en su única y mejor amiga ni en su manera de tratarla, sintió que un bloque tenso, quizá con forma de perro, se le echaba encima y la derribaba sobre las piedras, las ramas caídas de los árboles. El hocico negro. Las uñas que punteaban el suelo.

Los arbustos y las zarzas.

No pudo protestar ni exclamar nada. Recordó las palabras de su abuela al declarar aquello de que como perro que vuelve a su vómito es el necio que repite su necedad, y se dejó arrastrar como un acteón ya transformado en ciervo por la fuerza de un animal que no existía, estirando los brazos como si así pudiera detener algo. Creyó ver a su amiga, que no parecía haberse movido, pero que tuvo que hacerlo para empujarla de esa manera, y oyó su voz impuesta sobre los demás sonidos. Las aves más próximas, las más lejanas.

–Ahora va a saber lo que es. Cuando llegue el momento y tu abuela me pregunte por ti, le diré que a su Adita se la ha llevado un perro en la boca. Si esto es lo que quería, esto es lo que va a tener.

Tyto alba

I

La duda.

No iba a preguntarlo porque había sido ella. No cabía titubeo ni debate al respecto: lo había hecho ella. Y, no obstante, se mantenía en su espíritu la duda del porqué como se mantenían las palabras pronunciadas una y otra vez por quien ya no debía estar, a quien creía haber expulsado, pero que quizá hubiera logrado subsistir porque su voz seguía asentada en sus oídos igual que se asienta el agua en un estanque. La voz no tendría que sonar, las cuerdas vocales no deberían vibrar. Su aullido no tendría que seguir transmitiéndose hasta ella por un medio elástico como el aire. Y, sin embargo, seguía llamándola bestia. Devoradora de hermanas. Mitad hembra, mitad culebra. Eso le decía. Así seguía expresándose. Como lo había hecho en la primera casa, entre encinas vivas y leña seca, también luego, mientras contemplaba los calmantes colocados en una bandeja, e incluso más tarde, ya en el tren junto a la cuidadora, en dirección a un nuevo hogar en el que la lavarían y la atenderían, consciente de que aún llevaba el cortaplumas, con el mango de madera negro y azul, en la bolsa de lona que se echaba encima cada vez que salía de expedición, en sus avances por el monte.

Seguía la duda.

No se atrevería a preguntárselo a nadie porque fue ella quien gritó y salió de su casa y siguió corriendo mientras el pelo se le interponía entre los ojos y el horizonte. Ahí no había nada que analizar. Fue ella quien buscó refugio en la espesura después de haberse quedado sola, diciéndose que no tendría que hacer nada de lo que hacía. No tendría que hacerlo. Pero reincidía. Volvía a caer. Y quería saber el motivo. Por qué se había empeñado la voz en que actuara así y en hablarle del fuego mientras avanzaban por el sendero en dirección al embalse para esconderse, siempre de la mano. Por qué le explicó que la señal de la cruz no se había asociado desde el principio a una glorificación del sufrimiento, sino que inicialmente se identificó con la representación de la victoria, la manifestación visible de la conquista, el antiguo signo del vencedor que se situaba en el punto donde hubiera tenido lugar el momento triunfal de una batalla, y que, como símbolo de dominación, debía imponérsela ella. Por qué insistió en que se marcara y permitiera luego que alguien la lavara y que alguien la cuidara, dormir, liberándose así de sí misma y viéndose limpia, sin opacidad. Quedando verdaderamente descargada y verdaderamente a salvo.

2

Estaba en un tren. Rumbo a su nuevo hogar. Donde usaría una camiseta blanca y unos pantalones largos también blancos, a diario, con el pelo recogido en lo alto de la cabeza y sonriendo porque allí donde iba todo el mundo le iba a sonreír y todo el mundo iba a tener una frase amable para ella. La acompañaba la cuidadora que le habían asignado y que en la estación le entregó unos papeles grapados en los que venía detallado su caso. En eso se había convertido, en un caso.

–¿Podré ver el mar?

–De momento no.

«Eso lo dice para castigarte.»

–El mar no existe, ¿verdad?

–Siéntate. Nos vamos. No te marearás... Dime que no te mareas.

Empezaba a anochecer. El tren se puso en marcha y la cuidadora volvió la cabeza hacia el andén sin esperar respuesta.

¿Cómo saberlo?

No podía saberlo. No había salido nunca de su espacio. El sitio en el que había crecido entre encinas y zarzas. El chirrido de las ramas que se agitaban con el viento del invierno y el de los grillos y las chicharras que le taladraban la cabeza en el sofoco del verano. Las ortigas y los matorrales que rodeaban la casa que ahora dejaba atrás como dejaba atrás el embalse, los enebros y los muros de piedra que surgían a cada paso cuando se aventuraba por el monte seguida de la voz que la llamaba Lamia, reptil, y que se presentaba ante ella para hablarle de la cruz y de que lo primero que debía hacer, de manera inmediata, era aprender a deshacerse de lo que no le pertenecía. Eso era lo que debía hacer. Ésa era su obligación primordial. Comprender que debía ganar la confianza suficiente como para no volver a dudar de su situación ni de su aspecto. Aceptar otras realidades y prestar atención a otras reacciones.

La cuidadora se fijó en las heridas que tenía junto a las muñecas y en la frente.

–¿Te duele?

Ella negó con la cabeza, pero ocultó las manos entre las piernas, y se caló hasta las cejas un gorro de lana.

Quiso esconder también las botas que llevaba manchadas de barro y buscó un sitio bajo los asientos para meter los pies.

–¿Por qué lo hiciste? Pareces pacífica.

¿Por qué lo hizo?

Centrarse en esa manera en que escuchaba lo que nadie más percibía, la voz que le insistía en que tenía que marcarse y que le reclamaba una respuesta: ¿De qué podría servirle ganar el universo si perdía su alma?

–En el centro te van a tratar bien, ya lo verás. Nadie te va a hacer tanto daño como el que te has hecho tú ya con esas cosas.

–¿Usted también va a vivir allí? –preguntó.

Y al no estar acostumbrada a la risa, le pareció que la que estalló frente a ella le alcanzaba la cara en forma sólida, como una maza, unida al sonido burlón que le rebotó en la piel.

3

Debía dedicar el viaje a repasar lo que venía ahí escrito, en los documentos que le había entregado la cuidadora, señalando con los dedos las fechas y las filas de letras hasta comprender lo que había hecho, por qué lo había hecho, qué se esperaba de ella.

Rodeada de la oscuridad de la noche que se adentraba por la ventanilla del compartimento pero, curiosamente, sintiéndose a salvo, se puso a leer bajo la redonda luz del techo lo que habían redactado con una letra pulida y disciplinada, casi plástica, las mujeres de esa nueva comunidad en la que iban a vigilarla e iban a ayudarla. Repasó las notas que reflexionaban acerca de lo curiosa que había resultado la disposición de sus hermanas, las componentes de su primer grupo, a mantenerse al margen. Esa tendencia suya a no ser como los demás, a no mezclarse, no dar información de lo que hacían, acabando así con el empeño ajeno por identificar su progenie en función de su manera de andar, su manera de arrastrar las sílabas al hablar. Acabando con cualquier intento de querer averiguar si provenían de raíces campesinas o si sus antecesoras habían sido pensadoras además de pretendidas sanadoras. Mujeres que cazaban para disponer de bienes que intercambiar más tarde o que lanzaban contra una mesa la palma abierta de una mano para arrepentirse al instante no tanto por el golpe como por el propio acto.

Habían inspeccionado sus cosas. Sus preparados, sus ungüentos de cera y sebo. Las limaduras para infusiones. Las piezas enteras de una especie que mostraba en efecto la brillante cara superior de un hongo color caoba. Las láminas almacenadas en unos frascos de cristal que habían diferenciado de los demás escribiendo en las etiquetas la palabra «Inmortalidad». Examinaron sus particularidades (también ellas convertidas en un caso), su retiro voluntario, su manera de aislarse.

–Yo no necesito vivir allí, *love.* Yo no tengo un expediente como el tuyo.

Volvió a oír su risa, y recordó la importancia de la consolación así como la importancia del retraimiento. Recordó igualmente que era ciencia que cuando se prende un fuego para quemar los zarzales, si el fuego se propaga por las gavillas, por las mieses amontonadas o por el campo, el causante del fuego ha de pagar lo quemado. De modo que esa mujer tendría que atenerse a las consecuencias, aceptar la reacción que estaba provocando como prendedora de fuegos.

«¿Vas a permitir que te trate así?».

Había metido en su bolsa de lona unas cuerdas y unas mantas, ropa, comida y el cortaplumas que la había salvado una vez y que podría salvarla otra si lo que decidía era sacarlo y hundírselo en la cara a esa cuidadora que no dejaba de reír. Clavárselo en el cuello. En el vientre... Observando con un aire entre maravillado e impaciente el color rojo del borrón de sangre que empezaría a empaparle el cuerpo y a diseminársele por la ropa, ese uniforme de color azul con el que se había presentado ante ella para analizarla y juzgarla, y ahora golpearse las piernas con las palmas de las manos sin dejar de reír:

–¡Es cierto! ¡Siempre olvido que estáis fatal de la cabeza!

4

Según constaba en los documentos, les habían advertido del riesgo. Si los cerdos se comían eso que ellas recogían de los tocones o de la base de los árboles, caían al suelo inconscientes. Pero las hermanas insistieron, se alimentaron del hongo, y ella echó a correr tras marcarlas con la cruz. Se escondió en un espacio cubierto donde, creyó, estaría protegida, sin dejar de pensar en el fuego en el que ardería. Y allí, tiritando, respirando de manera discontinua por el llanto después de haberlas encontrado tendidas en su cuarto, retorcidas como raíces secas, sacó el cortaplumas de la bolsa, lo abrió, liberó la afilada hoja y lo asió con fuerza, haciendo que toda su energía descendiera hacia el puño cerrado de su mano derecha, con la que lo sostenía, para dibujarse también ella una cruz en el revés de la otra mano.

No sucedió nada. La cruz podía ser el símbolo de la victoria, como le había repetido la voz tantas veces, pero no se abrieron las nubes ni brotó la lava de la tierra. No se apaciguó su miedo con un *in hoc signo vinces* ni cambió el color del cielo. Ninguna consecuencia. Sólo el profundo dolor de la carne abierta que le hizo soltar el cortaplumas sin querer y reparar, al ver cómo caía, en la sangre que se le había escurrido por la piel y se había extendido por los nervios principales y los nervios secundarios de las hojas repartidas a su alrededor. Grandes y pequeñas, lisas y dentadas. Miraba el cortaplumas, que ahí estaba, inmóvil, mostrando su reducido mango de madera negra y azul, y dudaba. Pero iba a hacerlo. Ya que había empezado debía continuar. Dejar de pensar en lo que tenía y no tenía que hacer, y recogerlo, aferrarse a él, mantenerse firme y grabarse la señal de la cruz también en la frente.

Escondida bajo los matorrales, cubriéndose de la manera más racional, observando cómo se deslizaba la sangre hacia el suelo, quiso librarse de esa creencia que en su ámbito había constituido una ley y que había hecho de ella lo que era. Se portó como creyó que debía portarse. Y, no obstante, comprobó que allí seguía, en sus oídos y en su cerebro, la voz que ahora le decía: «No la has puesto bien». Y luego: «No va a funcionar».

5

Hubo quien le dijo que no podría haber actuado de otro modo. Después de que la rastrearan hasta su madriguera, la descubrieran y se la llevaran, hubo quien le habló de la palabra ofuscación y de la palabra fanatismo, y quien opinó que todo aquello de la cruz no podía ser más que un ejercicio de retórica y literatura, una manera extrema de describir un delirio. Con una sonrisa idéntica a la que iba a lucir todo el mundo en ese espacio impoluto al que la llevaban, en el que no cabrían la destrucción ni la culpa. Donde la estudiarían a todas horas y donde seguirían controlando su estado, su evolución, con pastillas y toda la atención que podría dedicársele a una criatura enferma. Lo había intentado, se había grabado la cruz con el propósito de triunfar sobre sí misma. Estar atenta. Despertar y apelar a su sustancia espiritual. Pero no lo había hecho bien. No lo había logrado. De modo que asintió, apartó la mirada de los documentos y ubicó el dedo corazón de la mano derecha por encima del índice para trazarse una vez más la misma señal en la cuenca que se le hundía entre los ojos, bajo la herida de la frente, porque debía encauzar la ira y aceptar que para hacerla desaparecer tendría que seguir marcándose. Cincelarse la línea vertical seguida de la línea horizontal en otras partes del cuerpo. No se trataba de que el abismo estuviera en ella. Probablemente, más allá de cualquier duda, como había oído siempre, el abismo era ella.

En el páramo

Descansaba entre los brazos de Rochester, su amor, su vida, que iba recuperando la vista y se reconocía ya en los rasgos de su primer hijo. Vivían tiempos de paz y calma, aunque ella se sintiera aislada a veces. Cercada por los límites de los mismos horizontes desplegados ante su ventana. Idénticos días e idénticas noches. No había viajado. No había llevado una vida de acción, de ciudad en ciudad, como tanto anhelaba. Pero se sentía a salvo porque Rochester la amaba y porque Rochester quería conocer la realidad de su infancia. Su última pelea con su primo John Reed, cuando él la llamó rata descarada y ella se levantó dejando a un lado *La historia de los pájaros ingleses*, la ilustración del martín pescador, para arrancarle el sable de las manos y, harta de tanta afrenta, utilizarlo por fin. Diez años ella, catorce él.

Adiós, John Reed.

Vinieron entonces el encierro en la habitación roja de Gateshead y el amanecer al lado de una Helen muerta. Los alaridos de Bertha-Antoinette Cosway desde la tercera planta de Thornfield. Las visiones de un John Reed niño que no creía lo que le estaba pasando, desplomado en el suelo sin que nadie entrara en su auxilio. Y, ahora, con la llegada de la nueva institutriz (tan joven, tan vivaz), la duda de si Rochester volvería a hacerlo. Esconder a su esposa. Avergonzarse de esta Jane resentida que había usado un sable, y convertirla, también a ella, en otra loca del desván. Capaz de prenderse fuego.

Desobediencia

La llamaba hermana aunque no lo fuera. La miraba y, aun sabiendo que no se parecían en nada, se veía a sí misma como reflejada en un espejo misericordioso. Sus ojos azules, su manera de alzar la cabeza. Sus labios fruncidos en un pliegue seco porque algo estaba esperando y no quería que se le notara.

–¿Y la prenda?

Le oía preguntar. A su estrella. Su dama. Todo el año anticipando ese momento, el regreso a la casa en verano, el encuentro con un yo más delicado. Y cuando por fin accedía a aquel mundo proporcionado y placentero, repleto de acontecimientos interesantes que se celebraban para personas interesantes como su no-hermana, que flotaba, se distraía, levantaba la copa y se recreaba en su complaciente reino de indulgencia y satisfacción, ella se dejaba llevar como en un baile. Falseando su origen o imaginando que lo falseaba. Porque había quien nacía arquitecto y había quien nacía peón, y así se lo repetía su madre antes de cada partida. Que no olvidara que ella había nacido peona y lo sería siempre, toda su vida, aunque durante esos meses residiera en una casa que podría ser un lienzo pintado al óleo. Una obra de arte aislada entre las rocas.

–¿Qué prefieres para el desayuno, piña o melón?

O le sugería:

–Estas vacaciones prueba con las *Baladas líricas* de Wordsworth y Coleridge. Ya verás como te cambia la visión del mundo.

Mientras la brisa avanzaba por el sendero para rozar su pelo rubio y liso, bellísimamente desordenado. Todos los linos y todas las gasas deslizándose por la suave piel de su cuerpo, que se elevaba espléndido y grácil hacia el cielo. Tranquilo. Transformado en una sustancia tenue y ligerísima que podría sostenerse en el aire. Mecerse por encima de los mortales que se quedaban abajo, admirándola desde el fango.

–Me lo habrás traído, ¿no?

Preguntaba de nuevo. Y hablaba de la prenda, claro. Esa joya que su madre preparaba cada año para la hija de la que había sido su señora porque el dominio se heredaba igual que la sumisión. Esta vez la fidelidad iba a manifestarse con la entrega de un fular largo, glorioso, bordado a mano centímetro a centímetro, de un rojo que traería a la memoria el delirio del horizonte al anochecer, cuando las dos montaban en bicicleta, y ella, siempre detrás, se detenía a contemplar la espalda erguida de su no-hermana y aquel año, además, el vuelo de la tela, su extraordinario culebreo, asumiendo que podía ser así de hermoso y a la vez lo suficientemente resistente como para sostener a su no-hermana colgada de una de las vigas de las caballerizas o, mejor, sin tener que implicarse tanto, enganchada sin remedio a los radios de las ruedas de su magnífica bicicleta, que seguiría avanzando, girando y girando hasta el último tirón. Estrangulada como la bailarina. Con el cuello en una postura incomprensible. Momento en que ella ocuparía su lugar porque en realidad eran dos gotas de agua. Y porque, en realidad, mirarla era como mirarse a sí misma sólo que con los ojos del embeleso.

El apego

I

–Si estuviera aquí mamá, se desharía de él –dijo Laureta.

–Si estuviera aquí mamá, se emborracharía con él –respondió Flor.

No habían desayunado. Tendidas boca arriba, esperaban con los ojos muy abiertos, como si la ranura habitual no fuera suficiente para analizar el tamaño del cuarto en el que estaban. Echando mano de esas suposiciones que constituían la base de su complicidad. Sus juegos de figuraciones y certezas. Ahora que el guardián iba a presentarse otra vez ante ellas proyectando su sombra sobre los muros de la casa, tendrían que volver a demostrárselo: que lo que querían era estar juntas.

No llegaría solo. A juzgar por la carta recibida unas semanas antes, aparecería con un niño al que debían considerar su igual. Un niño que también habría mirado la puerta de su casa anterior con nostalgia, si es que había llegado a creerla un hogar, y que ahora cumpliría con su deber dejándose cuidar hasta hacerse adulto, momento en que tendría que devolver lo que se le había entregado. No era su hermano, igual que tampoco eran hermanas ellas. Y ese hombre al que llamarían Mat, Padre Mat o Señor Mat dependiendo de la circunstancia o de su disposición de ánimo no era su padre. Pero su manera de entender la vida no se parecía a la manera en que entendían la vida los demás.

Flor se giró, miró a Laureta, su cara desencajada, y por el cariño que le tenía, por lo mucho que quería a esa chica que no era su hermana, no se echó a reír. Aunque deseara hacerlo.

–No viene solo.

–¿Qué vamos a hacer?

–Lo único que podemos hacer. Recibir al padre y al hijo con los brazos abiertos. No nos queda otra.

El niño no sería hijo del valedor. De eso podían estar seguras. Pero los que iban a ser acogidos necesitaban una renovación y ellas, las que iban a acogerlos, llevaban demasiados años juntas. Aunque se resistieran a admitirlo. Así que el arreglo no podía resultar más conveniente. ¿Quién habría avisado esta vez? Alguna de las tutoras mayores, sin duda. Las que mejor sabían cómo eran y cómo pensaban.

–Quieren que estemos bien.

–Lo que quieren es que no demos problemas.

Tenían que comer más y ser fuertes. Resistentes. Eso les habían dicho. Que barrieran los suelos y ordenaran la vivienda. El único lugar del mundo en el que estaban a salvo. Estirar las colchas. Sacudir las alfombras. De modo que Flor salió de la habitación con la intención de limpiar, y también Laureta se levantó para ir detrás de su hermana. Llevaban sus jerséis oscuros de lana gruesa con tres rayas blancas en las caderas y las faldas de color azul que les llegaban a los tobillos. Descorrieron el cerrojo de la puerta principal y se situaron sobre las baldosas rojas que rodeaban la casa.

Flor empezaría con los cristales del piso inferior y Laureta iba a ayudarla moviendo los brazos enérgicamente arriba y abajo con unos trapos blancos, y luego en círculos a la altura de los ojos, mientras las rayas de los jerséis se movían al compás. Un hogar radiante por dentro y por fuera. Eso era lo que debían ofrecer. Eso era lo que debían mostrarle al valedor. También sus horarios de comidas. Qué pastillas tomaban. Cuáles eran sus tablas de ejercicios y cuáles sus programas de meditación. Hablarle de los perros que no tenían, tendidos frente al calor del fuego en los fríos días de enero. Perros mansos que les darían paz. Que beberían cuando ellas bebieran y se tumbarían cuando ellas se tumbaran. Pero que no existían porque los perros se meaban por los rincones, vomitaban grumos verdes junto a los marcos de las puertas y no estaban permitidos en la casa. Los perros exigían agua, comida y cuidados, y para eso ya estaban ellas, que exigían lo mismo. Juntos, perros y hermanas, sumarían demasiados organismos de los que hacerse cargo.

–Sé que sufres con estas cosas.

Flor se agachó. No porque buscara algo, sino para lavar su trapo en un cubo con agua y jabón. Lo escurrió y fue a tenderlo sobre un alféizar, al sol del invierno. Las ventanas limpias, el trapo limpio.

–No puedo creerlo. Que nos hagan esto.

–Piensan que nos ayudan. Que nos evitan daños horribles... Deberíamos darles las gracias. Además, ésta es su casa. Pueden regresar cuando quieran. En cualquier ocasión. Ya lo sabes.

Laureta se dejó caer de rodillas sobre el suelo húmedo con su falda para el frío y, debajo, sus nuevos leotardos de color azul. A las dos les gustaba mancharse las manos de barro y hacer presas en los charcos, cercar lagos de dimensiones reducidas con piedras y palos que reprimieran la tendencia natural del agua a escapar.

El viento azotaba las ramas de los árboles. Se quedaron en silencio un rato, como si quisieran disfrutar íntimamente de aquel sonido al que estaban ya acostumbradas.

Flor se sentó y se llevó las manos de Laureta a los labios.

–Lo que pase a partir de ahora no nos importa. Para nosotras no cambia nada.

–¿Crees que nos vamos a librar de él?

–Sí. Tú y yo. Las dos.

Sabía interpretar los gestos de su hermana. Hasta los más básicos. Cada cambio de expresión. Se puso también de rodillas, soltó los dedos de Laureta, y ésta empezó a prestarle una atención especial al pulgar de su mano izquierda.

–Ya no seremos dos. Vamos a ser cuatro.

–¿Y qué si somos cuatro?

–Nos cruzaremos por los pasillos.

–Haremos como si siguiéramos solas. Nos olvidaremos de ellos. No les hablaremos.

Laureta dejó de observarse el pulgar.

–A veces eres tan ingenua –se apartó–. Por mucho que pretendas negarlo, por muchas decisiones que tomes a lo largo del día para intentar mejorar nuestra situación, está claro que no te enteras. ¿Es que no sabes por qué vuelve?

Flor alzó la cabeza y entrecerró los ojos para mirar al cielo.

–Qué estupidez de pregunta, cariño.

2

El Señor Mat salió del coche con un cigarrillo en los labios. Extendió los brazos hacia ellas y quiso saber si era bienvenido en la casa.

Las hermanas asintieron.

–Laurel y Floreta. Floreta y Laurel.

–No es Laurel.

–No. Claro que no. Es Laure. Como Laure de Berny, la Dilecta. El gran amor de juventud de Balzac, quien buscó en ella el cariño y la comprensión de una madre. Y Floreta, Florencia, Flora. Diosa de las flores, los prados, la juventud y la primavera, que les entregó la miel a los hombres. El eterno renacer. La Floralia, su música, sus danzas –se acercó–. No veo posible mejorar estos nombres, ¿y tú, Tommaso?

De detrás del Señor Mat surgió un niño con la respiración entrecortada, agitando la cabeza en señal de asentimiento, pero sin decir nada. Como si se debatiera entre múltiples posibles respuestas. Se quedó pegado al cuerpo de su padre y sólo se movió cuando él lo hizo. De una manera lenta. Muy medida.

–Tomasso, di algo, corazón. ¿No quieres conocer a tus hermanas?

–Ya se acostumbrará –dijo Flor.

–No me gusta verle así.

–¿Han tenido un buen viaje?

–Es un muchacho sensible. Contemplativo. E inofensivo.

–¿Han tenido un buen viaje? –repitió Flor.

–Sí. Muy buen viaje. Directos desde la Isla de los Pájaros. Habría preferido no tener que volver, pero las normas están para ser respetadas –suspiró–, y hemos sido puntuales.

–Tenemos naranjas –dijo Laureta.

El hombre se acercó a ella y le dio un beso en el pelo.

–Mi Laurel. *La plus belle*. Imagino que serás tú la elegida. Aunque nunca se sabe. Ya se verá... Nunca se sabe –ejecutó una reverencia exagerada–. Tommo, hijo –se giró hacia el niño–, vamos a entrar y te enseño tu cuarto. La casa es fría, pero tu habitación lleva ya unas horas expuesta al calor del sol, ¿verdad? ¿Verdad? A veces le duelen los oídos –le dijo a Laureta lanzando la colilla en dirección a las piedras del jardín mientras iban hacia la puerta.

Avanzaba con firmeza. Con los pasos de un hombre que cree tener la batalla ganada desde el principio porque conoce su misión y conoce a sus rivales. A esas dos pupilas a las que había reunido él mismo y a las que ahora él mismo debía separar.

3

Las hermanas dieron por terminadas las tareas del día. Podían descansar y pasear un rato. Pero Tomás tenía hambre y siempre había comida en la cocina, de modo que se sentaron con él en el salón.

–Su abuelo se suicidó –dijo el Señor Mat encendiendo otro cigarrillo.

El niño estaba en el lugar que le habían asignado, entre Flor, a la derecha, y Laureta, a la izquierda. Con su padre enfrente, alzándose justo detrás del sándwich de queso preparado en la cocina, igual que el vaso de leche, la fuente de galletas y el cuenco con fruta. Mandarinas, uvas, manzanas. Flor había arrastrado dos bandejas de estaño y una colección de botes de cristal hasta un extremo de la mesa para que el niño dispusiera de espacio suficiente y ellas también.

–¿Se ahorcó? –preguntó Flor.

El hombre asintió.

–A Tommo no le entusiasman las reuniones. Ni las fiestas. Se vino conmigo cuando acababa de cumplir los cinco años y desde entonces no se ha movido ni un segundo de mi lado. No ha desobedecido una sola orden. Come galletas, Thomas –dijo acercándole la fuente sin mirarle–. Su familia se hundió en la locura, y todos queremos huir de eso. Lo que viene a ser como querer huir de nosotros mismos. Pero mi Tommo conoce bien los síntomas. *Il dolce suono*. Salimos de su casa haciendo fu como el gato.

–Es mejor no jugar con lo que no se puede jugar –siguió Flor.

–En efecto. A veces coqueteamos con el tema. Llevamos al cerebro a situaciones insostenibles. Pensamientos recurrentes. Y vuelta a empezar.

–No deberíamos.

El niño cambió de posición sin levantarse de la silla.

–¿Quieres una naranja con azúcar?

–Es fácil caer en todo eso. Y después, cuando ya es tarde, descubrimos que si atacamos a nuestra cabeza, nuestra cabeza nos ataca a nosotros.

–Qué lista es nuestra Flor, ¿verdad? Qué madura. Mucho más ambiciosa que nuestra Laurel. ¿Cómo lo diría? Más mujer. Y eso es algo que siempre atrae a un hombre.

–Sigue cuidando de mí –afirmó Laureta.

–Como la diferencia entre la plata y el oro. La plata puede ser muy hermosa, *mais l'or est le plus précieux des métaux*.

–Aún no estoy preparada –continuó Laureta.

–Sí. Desde luego que sí. Y tengo que dar un nombre cuanto antes. Tommo cree en los designios de las estrellas. ¿Qué te dicen las estrellas, rey? ¿A cuál me llevo? La duda es el mayor enemigo del placer, y el placer me es muy necesario, como sabéis. Así que tengo que librarme de esto y optar por una de las dos.

–Puede comunicar que Laureta sigue sin obedecer –dijo Flor–. Nada más fácil. Dejar las cosas como están.

–No hay que mentir, reina. El que dice una mentira no sabe qué tarea ha asumido.

–Pero nada nos miente tanto como nuestro propio juicio.

–En boca mentirosa la verdad se hace dudosa.

–¿No ha oído aquello de que la mentira es una forma de talento?

El Señor Mat se mordió los labios, pero al instante estalló:

–*Mon Dieu.* ¿No lo decía yo? Que nuestra Flor es la más lista y despierta de las criaturas. Qué prodigio... Y siendo tan ingeniosa, ¿no te aburre estar aquí siempre y hacer todos los días lo mismo? Con semejante inteligencia, ¿nunca has deseado nada distinto? Tener dinero. Una renta que te permita adquirir cosas preciosas. Unos zapatos elegantes, una falda vaporosa, un bonito colgante para ese bonito cuello. Un bonito anillo. O un vestido negro que te realce la cintura y las caderas. ¿Nunca has deseado nada? ¿Qué esperas de la vida, niña? Porque algo esperarás, ¿no? Todos esperamos algo.

«¿Por qué viene a molestarnos?», se preguntó Laureta.

«¿Por qué no nos deja en paz?», se preguntó Flor.

Con la mandíbula tensa, los labios apretados.

–Lo mejor es que continúe bajo mi tutela.

–Ven y siéntate conmigo, anda –siguió el Señor Mat–. Pero no en otra silla. En las rodillas. Vamos a hablar. Siéntate aquí y cuéntame qué tienes dentro de esa cabecita.

Tomás había terminado de comer y Laureta se levantó para retirar su plato, su vaso, la fuente y el cuenco de la fruta.

–Todo depende de cómo se cuenten las cosas –dijo apoyando los brazos en los hombros de Flor para que no se moviera. Preparada para pronunciar la frase indicada en el momento apropiado. Sin titubear. Sin signos de debilidad–. Su trabajo tiene que resultar agotador.

El padre Mateo la miró.

–Sí. Cierto. Lo es... Agotador.

–Encargarse de todos los residentes. Tratarnos con esta cortesía.

–Para eso estamos aquí. Tommo y yo. Para hacernos cargo de la situación.

–A veces tendrá miedo de que le explote la cabeza. De que su cerebro colapse y se hunda en el caos.

–Yo no diría tanto.

–Admitirá que nos ve mejor que antes.

–Vuestro progreso es perfecto. Innegable. Lo que viene a demostrar que las técnicas funcionan y que hay que seguir avanzando. Puedes ser tú quien se quede con Tommaso. Como en su día se quedó Flor contigo –se llevó las manos a la cara–. Aunque también podría continuar ella, en cuyo caso te vendrías tú conmigo a la Ville d'Hiver.

4

En uno de los rincones del cuarto de Tomás había una rueca. Le habían preparado la habitación más cálida de la casa, la sala blanca, que aun en invierno recibía la plena luz del sol por dos ventanas que daban a la fachada sur. Apenas abrían las puertas de cristal de las estanterías. La luz estropeaba los libros, desteñía las cubiertas. Los colores perdían intensidad. Además, los cristales los protegían del polvo, dejando ver los títulos de los lomos.

Lo que no evitaba que el Señor Mat fumara también allí. Humo sí, luz del sol no.

–¿Se ha fijado en la mesa de roble del comedor?

–¿Y en los candelabros de cobre? Los mantenemos como el primer día.

–Sois muy apañaditas las dos.

Sabían que iba a volver, y ahí estaba. Observándolas. Mostrándose como un padre excéntrico, por no decir chiflado, que reclamaba su aprobación. La conformidad de alguien más. La complicidad de otra voz que viniera a decir lo mismo que aseguraba él. Como si deseara que fueran ellas quienes eligieran. Como si pusiera su capacidad de decisión en manos de dos hermanas que no querían separarse.

Tomás ordenaba su ropa encima de la cama. Sus zapatos, sus camisetas, sus pequeños jerséis, sus pantalones. Sin que nadie le prestara atención. El Señor Mat se había acercado a una de las ventanas y miraba al exterior.

–Unos paisajes nos hablan y otros no –dijo–. Yo he visto ya unos cuantos y el que menos me llama es éste. Qué pocas ganas tengo de estar aquí.

–Hay un día en que todo se nos vuelve paisaje –recitó Flor.

–Qué hermosura de pensamiento. ¿Por qué no lo escribes?

–Porque ya está escrito. Es un verso. ¿No lee poesía?

El Señor Mat se giró de nuevo.

–Me interesa la especulación científica.

–Le prestaré el libro. Le gustará.

Un gorrión saltaba de rama en rama próximo a los muros de la casa y él alzó una mano a modo de saludo, con un gesto exagerado, dejando salir a la vez un sonido suave y bien modulado, como si quisiese cantarle al pájaro. Las hermanas vieron cómo pegaba la cara a la ventana y perseveraba en su tarareo, pensando tal vez que el animal podría ayudarle en ese mismo instante o al día siguiente. Quizá con la idea de subírsele encima, hundirle las manos entre las plumas y largarse agarrado a su cuello marrón hasta llegar al coche, con el depósito lleno, sentarse al volante y desaparecer. Ellas no le quitaban ojo. Le vigilaban mientras él seguía moviendo los labios.

Hasta que dejó de sonreír y despegó la frente del cristal.

–Fui yo quien os reunió en su momento y ahora tenéis que ayudarme. Se acabaron las contemplaciones.

–La solución no puede ser más simple –dijo Flor–. Si no hay niño, no hay problema.

–Si no hay niño, no hay decisión que tomar –siguió Laureta–. Nadie nuevo a quien cuidar.

Hablaban de Tomás como si Tomás no estuviera delante.

–Me pierdo –dijo el Señor Mat.

–Cree que este niño merece algo mejor. Y seguramente sea así. Seguramente lo merezca. Pero nosotras estamos bien aquí, y digamos que podríamos encargarnos de él. Siempre que usted considere que se trata de una buena opción.

El padre miraba a las hermanas como si las tuviese a kilómetros de distancia. Sin dejar de tocarse el cuello. Se acercó a Tomás y le ayudó con la ropa mientras murmuraba que *la vie de l'homme est courte* y que por tanto *l'homme* debía aprovechar los regalos que *la vie* le proporcionaba.

–No sabéis lo que decís.

Sí lo sabían.

El hombre que las había unido se sorprendería de lo que eran capaces de hacer.

–Cuando llegó la noche, llegó para quedarse –recitó Flor.

–Y él no lo supo nunca –siguió Laureta.

–¿Más poesía?

–Más poesía.

5

Tomás era reservado. ¿Cuántas veces en su vida había oído pronunciar esa palabra para referirse a él? Introvertido y tímido. Así le juzgaban. Pero no triste. Tal vez sólo necesitara que alguien le hablara de la diferencia entre apacibilidad y sumisión.

–¿Para qué es bueno ser tan sensible?

Le preguntaba su Padre Mat.

Y él no respondía. Ante lo que su Padre Mat se llevaba un dedo vertical a la nariz, como si su silencio viniera reclamado por él.

Cuando no era así.

–Esas dos quieren acabar contigo –siguió el Señor Mat, ahora susurrando–. Creen que si desapareces, se cerrará su asunto. Están fatal. No han mejorado en absoluto –negó con la cabeza–. ¿Lo captas? ¿Tommo? Quieren matarte.

El niño estaba callado, sentado en el suelo, sobre una de las alfombras. Justo detrás de la puerta. A pesar de recibir la luz del sol directa en el cuerpo, no paraba de temblar. Su Padre Mat se había agachado a su lado. Terminó por sentarse también.

–No sé qué hacer, Tommaso, hijo. Mi ánimo se debate entre el deber y el corazón. Debo separarme de ti, pero ¿cómo hacerlo? Sabiendo lo que te espera.

Le pasó un brazo por los hombros fijándose en la palidez de su cara. Oyó entonces la voz de una de las hermanas:

–Nos hemos excedido –era Flor–. Tiene usted razón. Todo esto es un despropósito. Pero en nuestro descargo le diré que somos así. Desmesuradas.

El Señor Mat alzó los ojos hacia ella.

–Dios creó el mundo –dijo–. Y también os creó a vosotras.

Laureta había salido en busca de un frasco con agua para regar las plantas de la habitación, que tenían la tierra seca al tacto, y Flor, que se había quedado esperándola en el pasillo, estaba de nuevo en el cuarto de Tomás observándolos desde arriba, en su posición erguida, espectadora de sus espectadores.

–Así es. No se nos puede culpar de nada.

–Preparó el suelo. Echó las semillas. Alzó las montañas y dividió a los animales.

–Y luego se largó y nos dejó solos. Pero a nosotras no nos importa estar solas si seguimos juntas.

–¿Por qué no me mostráis a la elegida y ya está? Que una señale a la otra con un dedo. Sólo eso.

–Creo que no me escucha.

Llegado el momento, había que rechazar a unos y nombrar a otros. Los destinatarios de las atenciones y los cuidados. Pero lo que le afectaba al Señor Mat no era tanto el resultado como que el resultado dependiera de él. Y más a esas alturas, cuando lo único que quería era retirarse. Cada hombre debía tener lo que merecía, y él se había ganado cosas preciosas y también personas preciosas. Anillos de piedras verdes y brillantes. Trajes a medida diseñados con elegancia. Zapatos de piel que no lastimaran sus pies cuando caminara demasiado y abrigos que aislaran su cuerpo del frío insular. Cada hombre debía conseguir lo que deseara, y él no había venido al mundo para enfrentarse a semejantes dilemas, sino para disponer de lienzos hermosos y alfombras suaves y no precisamente baratas. Vivir rodeado de esculturas de jóvenes que alzaran los brazos hacia el cielo y juegos de té con que agasajar a los invitados. Sedosas telas de colores meciéndose desde un perchero. Música de piano y el aroma de unas flores recién cortadas, situadas en un jarrón en el centro de una de las mesas de madera.

–No sé por qué tengo que responsabilizarme de todo esto. Hace tiempo que dejó de interesarme.

–El sufrimiento propio nos hace desear el sufrimiento de los demás –dijo Flor–. Así es la naturaleza humana.

–No comparto esa idea.

–¿En qué no está de acuerdo?

–En que es imposible desear el sufrimiento de alguien a quien se quiere.

6

No volverían a verse. Así lo acordaron.

–Vosotras y yo somos iguales –dijo.

–No tanto.

El Padre Mat se acercó a Tomás para abrazarle como en su día había abrazado a Laureta en el momento de dejarla bajo la protección de su hermana. Aunque en esta ocasión todo pareciera tan distinto.

–En fin, hay cientos de Tommasos. Reemplazables e intercambiables.

Se apartó del grupo. Se alejó unos metros, pero volvió para arreglarle el pelo al niño. No sabía qué iba a ser de él. Si se convertiría en un buen hombre o no. Si le dejarían escapar con vida o no. Pero había decidido que aquél iba a ser su último encargo y no podía sentirse más liberado. Se dio cuenta de que todo resultaba más fácil así, con ese pensamiento.

–Salió el sembrador a sembrar su semilla... –empezó.

–Al sembrarla, una parte cayó al borde del camino... –siguió Laureta.

–Otra cayó en terreno pedregoso... –siguió Flor.

–La pisaron, y los pájaros se la comieron...

–Y en cuanto salió el sol, se abrasó y por falta de raíz se secó.

Ése era el rito. La ceremonia de la separación. Primero unos, luego otros. El Padre Mat les acarició la cara a los tres. Entre ellos sabrían cómo arreglárselas. Defendiéndose, conscientes de quiénes eran. Al fin y al cabo, si estaban allí era por algo.

–No me juzguéis –pidió.

Y se largó.

Estaba claro que si a alguien quería aquel hombre era a sí mismo.

Una vez solas, las hermanas se tomaron de las manos y llamaron a Tomás para que se aproximara y se uniera a ellas en la formación de un círculo. Sujetándose entre sí, aferrados a sus jerséis. Con las cabezas dirigidas hacia abajo en torno a un único centro situado en el suelo, configurando una pirámide o una montaña de cuerpos (dos más altos, otro más pequeño) en una fusión que duraría un par de minutos. Con los ojos abiertos o con los ojos cerrados, sin importarles la exposición de su manera de estar en la tierra y de ganar fuerzas para los días que habían de venir.

Lo que para otros sería puro exhibicionismo, para ellas constituía su manera de respirar, de obtener su alimento. Se cerraba un segmento y se abría otro. Ya verían qué hacían con el niño. Aunque ¿qué importaba quién se quedaba si ellas no se iban?

–¿Por qué no nos cantas algo? –le pidió Flor.

–Ahora no puedo.

–Anda. Sí... Canta un poco. Ya verás como te relajas.

Ésa era la dirección que las hermanas le señalaban, la vía de escape, y ésa era la dirección que él tendría que seguir. Empezar a hacerse una idea de cuáles eran sus deseos y sus aspiraciones. Cómo lo interpretaban todo. Cómo consideraban los temas más abstractos y también los más inmediatos, como qué tenían para cenar o quién iba a encargarse de barrer las ramitas que hubieran caído sobre las baldosas más próximas a la puerta de la casa. Sin pretensiones de parecer lo que no eran. Sabiéndose detenidas en ese espacio. Fijas en su propio ámbito y conformes con sus propias normas. Con unos métodos que no todo el mundo aprobaría ni todo el mundo soportaría.

La creencia

I

Había desperdiciado la belleza. Su propia belleza. Durante los primeros años de la adolescencia, cuando se convenció de que debía conservarse intacta, un ser natural puro al que nadie iba a tocar, y luego ya en la residencia, muy inquieta, esperando que sonase la puerta de la entrada y a la vez deseando que no sonase. Un espíritu angélico, todo compasión y candor, porque sólo mediante la pureza podría conservar el don que le había sido asignado. Y así se había mantenido a pesar de su personalidad, tendente a lo carnal. Marcada por la señal del hedonismo, según la patrona. No debía haber confusión en la residencia, ningún desorden. Pero últimamente cada vez que se abría la puerta de su sala le transmitían noticias que no resultaban cómodas ni fáciles. ¿Acaso no te tratamos bien? ¿Hay algo que necesites y no estés recibiendo? ¿Acaso echas algo en falta? Háznoslo saber e iremos a buscarlo. Di el nombre de lo que quieres y lo tendrás de inmediato. Pero ella se resistía, bostezaba, estiraba los brazos por encima de la cabeza y se echaba sobre el respaldo de la silla. ¿Qué hacer? ¿Rogar más? ¿Dormir más?

–Voy a lavarme. ¿Vienes?

Seguía bebiendo agua del manantial, alimentándose con una comida no producida de manera industrial, poniéndose ropa de uso doméstico, las oraciones, los espasmos, el terror a los infiernos. Todo eso seguía ahí. Nada había cambiado. Y, sin embargo, esta interna le comunicaba que otra pupila había muerto, que no lo había logrado, que ahí tenían una nueva pérdida, y que los padres se negaban a pagar porque no habían conseguido nada, sólo una esperanza frustrada, terrible esperanza.

–No se les ha concedido lo prometido y se van.

Estaban a punto de abandonar la residencia y regresar al norte de África, donde, al parecer, tenían su hogar, llevándose el cuerpo de su hija, sin abonar siquiera los gastos de su estancia entre ellas.

–El agua está caliente, ¿te apetece?

–No sé por qué no me escuchas.

Le había dicho que quería lavarse, le había preguntado si se lavaba también, pero no se habían movido. Ella seguía sentada, advirtiendo los nervios en la voz de la interna, elevando los ojos hacia ella desde su asiento y enseguida sonriendo y examinando, con un aire entre maravillado e impaciente, el color cobrizo de su pelo, el tono tan claro de su piel.

–Ya ves a lo que nos ha llevado la acción –suspiró.

–No te entiendo.

Pero sí, claro que la entendía. Otra cosa era que quisiera aceptarlo. Tal vez prefiriera olvidar que se habían mecido y se habían frotado los labios. Se habían reído aparatosamente. La tela que las separaba se había hecho fina, como inexistente, y luego habían cenado y habían vuelto a agarrarse de las caderas para susurrarse cosas al oído sin permitirse un solo segundo de espera. Un único segundo para recapacitar. Una pequeña reflexión acerca de lo que estaban haciendo.

–Imagino que vendrá la patrona a hablar conmigo.

–Pero no le dirás nada... No le contarás...

Ella se levantó y le rozó la barbilla. No. Por supuesto que no le iba a decir nada de ella. Se envolvió en el chal que había llegado a la residencia en su maleta y que las otras se echaban a veces por encima, por el cuello y los hombros, cuando encendían las chimeneas o salían por las noches a inspeccionar el estado de la tierra tras las tormentas, y se dispuso a tranquilizarla. Jamás contaría nada de lo que habían hecho. Aquello era algo que no podía saber la patrona, quien, tras presentarse en su sala al día siguiente, al amanecer, descorrió las cortinas, abrió las contraventanas, se acercó a su cama y la miró.

–Has dejado de proponértelo –empezó.

Ella se incorporó y extendió un brazo hacia una de las sillas buscando algo que ponerse.

–Buenos días.

–Así que te has cansado.

–No.

–Sí. Claro que sí... Te has cansado. No te atrevas a negarlo.

Su voz no sonaba ruda pero tampoco amable. Era tajante.

–¿Cree que ésta es manera de despertarme?

–Cuidar de los demás debe de ser agotador. Lo sé.

–No hay pruebas –murmuró–. Ninguna prueba. No hay nada real en todo eso. No se puede demostrar nada.

La patrona fue a sentarse a su lado, en la misma silla en que ella había encontrado su ropa.

–Está sucediendo justo lo que debes evitar.

El jersey que llevaba era azul y la falda también. Se había maquillado y no podía decirse que lo hubiera hecho bien. Tenía más color en un lado de la cara que en el otro. Además, aunque no hiciera calor, estaba sudando.

–¿De verdad va a decirme que se están muriendo porque no pienso en ellas? ¿De verdad cree eso?

–Claro que sí. Y tú también lo crees.

–Ya no.

–Desde luego que sí. Y no se trata de una cuestión de creer o no creer. ¿Por qué me lo preguntas ahora? Ya sabes lo que es.

Terminó de acomodarse.

–No puede entrar aquí para decirme que yo tengo la culpa de que se haya muerto otra. Ni siquiera me dejan tocarlas.

–¿Te has tocado tú?

–Lo mismo no deberían ni acogerlas. ¿Qué formación tienen ustedes? ¿Saben algo de medicina? Ni idea. Ni la menor idea. Y se atreve a acusarme a mí.

–Te trajimos para que las salvaras. ¿Qué está fallando? ¿Te has tocado?

Repitió. Y se secó la frente con delicadeza, dándose golpecitos breves y rápidos con un pañuelo.

–No puede decirme que se mueren por mi culpa. No puede atreverse a soltarme algo así. ¡No puede! Es imposible. Es... Inhumano. No puede...

–Estás renunciando a tu don.

Después de eso ya no contestó. ¿Qué iba a contestar?

Se llevó una mano a la cara y se echó hacia delante con el propósito de no argumentar más y, sobre todo, con el propósito de que aquello no continuara. No podía continuar. ¿Cómo iba a seguir encerrada ofreciendo plegarias? Una súplica tras otra súplica en busca principalmente de su propio sosiego y su propia resistencia. ¿Cómo soportarlo? Rogar que no les sucediera nada a las niñas con el fin esencial de apaciguar a esa mujer que era sólo la manifestación visible de todas las demás mujeres que vivían ocultas en la residencia y que esperaban de igual forma que las salvase sin verlas siquiera.

–No me vas a decir nada.

–¿Qué quiere que le diga?

–Quiero que me respondas en serio.

–Pues pregúnteme algo serio.

–Nunca lo habría pensado de ti –dijo–. Pero ya está hecho y lo fundamental es no volver a caer. No caigas de nuevo. Sé fuerte. Y sé piadosa.

–Lo veo complicado.

–¿Complicado? Nada es complicado para un espíritu puro. Concéntrate en tus labores y reza.

Aún metida en la cama, contempló el pelo blanco de la patrona, las profundas arrugas que le recorrían la piel, incrementadas por esa prodigiosa vehemencia, el rojo marcado de los párpados, y se estremeció ante la perspectiva de terminar también ella así, seca como un tronco seco, desperdiciada y marchita.

2

Había sucedido una vez. Una sola vez. Y tras aquel único caso, fruto de su carácter curioso y, sin duda, de la casualidad, parecían pretender que salvara a toda la especie. Lo que hizo fue ponerle una mano en la frente y otra en el vientre. Cerrar los ojos y, en esa postura, sin que aquella niña postrada se quejara ni se riera ni la apartara de su lado, actuar como un cable. No podría explicar cómo ocurrió. Nadie le había enseñado a hacerlo. Nadie se lo había hecho a ella. Pero ahí estaba, permitiendo que algo fluyera a través de sus brazos, de su pecho, circulando por su organismo como por un cordón conductor. Dócil y maleable. Aunque también resistente. No sintió nada. ¿O sí sintió algo? Una blandura. Una conexión con un elemento que no era materia. Nada tangible. No se trataba del cuerpo de aquella otra niña ni se trataba de su propio cuerpo. No era agua. Ni aire.

Cuando pensó en ello más tarde, días después, creyó que había estado siempre en su interior, latente. Por eso no podía asustarla. Una corriente conocida, domesticada. «Schafe können sicher weiden», empezó a oír. Las ovejas pueden pastar seguras allí donde un buen pastor vigila. Y de la misma manera escuchaba «no permitirá que resbale tu pie,

tu guardián no duerme.

No duerme ni reposa».

¿Quién era el guardián? ¿Qué había hecho? ¿Cómo lo había hecho? La niña se había levantado después de que ella, también niña, la tocara, y pronto se vio en distintas casas, reclamada por todos, padres, hermanos, que se quedaban sentados en su sillón, en sus lugares habituales, igual que cada día de su vida, viendo cómo ella accedía al dormitorio. Tal vez frotándose los dedos. Tal vez negando con la cabeza. Mientras se preguntaban cómo estaban permitiendo que sucediera aquello. Caer no ya en el error de pensar que unas personas pudieran cuidar de otras, sino en el error de pensar que unas personas podían salvar a otras. Ésa era la idea. De eso estaban hablando. De que una niña ajena librara de la muerte a sus niñas propias. Mediante quién sabía qué rezos y mediante quién sabía qué manejos.

–¿Crees que alguien puede dedicarse tanto al cuidado de otro ser que logre evitar que le suceda algo terrible?

–¿Algo terrible?

–Evitar que muera.

–Eso sería un auténtico privilegio.

–Un privilegio.

–Eso es.
–¿Y te parecería un exceso?
–Me parecería imposible.
–Así de contundente.
–Sí.

3

Pero ella llegaba, se arrodillaba ante las niñas, se humillaba y al instante se veía capaz de hacerlo, amparada por el poder de la compasión. Cerrar los ojos y sentirse transformada al advertir que una ola de autoridad tan enérgica que podría desplazarla del lugar en el que hubiera ido a situarse recorría sus brazos desde los hombros hasta la punta de los dedos. Deshaciéndose de la vanidad y la simulación. Se acogía a la pretendida habilidad de proporcionar mejoría, otorgar alivio, y se entregaba a su transmisión sin restricciones.

Luego quedaba exhausta.

Y se repetía en cada ocasión que no lo haría más. Que no lo soportaba más. Que su gracia podía agotarse como cualquier otra gracia. Pero siguió yendo de ceremonia en ceremonia, de representación en representación, hasta terminar en la residencia, donde le asignaron una sala presidida por la imagen de su dama Catalina del siglo IV sobre pan de oro, virgen y mártir, con su túnica roja y su libro, además de su espada, a la que invocaban como auxiliadora contra la muerte súbita. Se suponía que aquello, ser bienvenida en la residencia, era un triunfo. El bienestar a cambio de la cura que ofrecería a las niñas que se alojaran allí. La recompensa de poder deleitarse ante la mirada ladeada de su dama Catalina, tan lectora como guerrera, bajo la corona y el pelo rubio, aunque no la viera así Caravaggio, que la pintó distinta.

4

«Alguien llegará que me quiera a mí», se dijo. Y se reafirmó en su propósito de no continuar. Porque no lo vivía como un premio, sino como un castigo. Primero la sonrisa y enseguida la tortura.

Eligió la mejor falda de su armario, atada a la cintura con una cuerda, y una camisa que había descartado hacía tiempo, pero que aquella mañana le pareció la más apropiada. Se dio color en los labios. Pero sucedió que, ya cerrada la puerta, ya en el pasillo, sabiendo que todo lo que debía hacer era bajar las escaleras, dirigirse al exterior, cambió de idea como había cambiado de idea tantas otras veces. Quizá no fuera tan buen plan lo de irse sola, sin comunicárselo a nadie, con los labios pintados como si esperara aparentar más edad de la que en realidad tenía. Quizá resultara mucho más conveniente seguir balanceándose tendida en la hamaca que le habían instalado junto a una de las ventanas, con las cortinas unidas tras ella, hasta que le sirvieran el refrigerio de las doce. Dejándose llevar por la certidumbre de que las niñas estaban a salvo. Aceptando los mandatos del papel que le correspondía. Asumiendo las claves de los ritos y la tradición.

Justo en ese momento en el que se veía fuera de su sala, justo cuando llegaba a la conclusión de que no habría nadie en el mundo que de verdad fuera a ayudarla, quiso volver a entrar y pensarlo todo de una manera más calmada. Darse la vuelta recordando lo agradable de sus lecturas, lo inocuo de sus ensoñaciones. E iba a hacerlo cuando oyó pasos en su dirección, y antes de que pudiera moverse advirtió la figura de la patrona que se acercaba veloz seguida de dos mujeres más altas.

–No puedes irte.

Oyó. Y retrocedió de forma instintiva hasta quedar pegada a la puerta, desde donde siguió mirándolas. Oyendo de nuevo que no podía irse, que no iba a tener por dónde escapar, que las grandes gestas exigían grandes sacrificios y que no podía rechazar ni olvidarse de su propia naturaleza. Pronunció o creyó pronunciar un «no» que quiso rotundo, pero la patrona y las otras la cercaron y, sin aclarar nada, la giraron, le cubrieron la boca y le sujetaron los codos por detrás de la espalda usando lo que parecían garras en vez de manos.

–Cuántas veces te habré dicho que éste es tu sitio.

5

Llegó un viento que la azotó y que podría tirarla al suelo igual que podría derribar el tronco de un árbol. Después de que la metieran en la sala, vio cómo la patrona desviaba la mirada para no tener que presenciar cómo la ataban a la cama las dos mujeres, bocarriba.

–Pronto te sentirás mejor. Nos necesitas. Como nosotras te necesitamos a ti.

Y ahí la dejaron, despidiéndose con una inclinación de cabeza. Desperdiciando la belleza de sus labios pintados, la belleza de sus mejillas bruñidas con un ungüento fabricado con el afán de emular el primer rubor. Atrapada y recluida como una renegada a la que pedirían más curaciones, más resultados no explicables por las leyes humanas. Su intervención para que ocurriese lo que parecía imposible que ocurriese, con esa constante radiación luminosa en los ojos. Analizándola como se analiza un fenómeno raro, una manifestación extraordinaria. Tan milagrosa que podría rozar lo irreverente. Y sin permitir que se tocara ni que tocara a nadie más porque sólo debía pensar en las niñas, lograr mentalmente que desaparecieran sus dolencias, conscientes de que si no fuera porque lo que pretendían era mantener el buen nombre de la residencia, la habrían quemado como a una bruja. Contemplando cómo se deshacía gota a gota, cómo resbalaba licuada por la tierra hasta llegar a sus pies.

Muy tenue parecía la línea que separaba la virtud de la impiedad. Tanto ruego y tanto desprecio.

Masacre

Terminaron la película del sábado y se levantaron de la alfombra para seguir con los deberes pegados a la chimenea. Aún no era invierno, pero anochecía a las cinco y el fuego les servía no sólo para calentarse sino también para iluminar los cuadernos. La mayor no dejaba de pensar en el final de *Fort Apache*, y preguntó que si la estrategia de aquel hombre había sido tan desastrosa, por qué le consideraban un héroe. Se trataba de salvar el honor, le dijeron. «Algo muy español», declaró su abuela.

–Te confundes con la honra –respondió su padre.

John Wayne no podía permitir que la familia de Henry Fonda pasara vergüenza. Y ella, tres años mayor que su hermano, preguntó si eso justificaba una mentira. La explicación fue confusa y llegó acompañada de la palabra «piadosa».

No se lo había dicho a nadie, pero seguía soñando que asfixiaba en la cuna al niño de pelo liso que se sentaba a su lado. Todas las noches. Un psicólogo habría afirmado que se hallaban ante una criatura sensible, perfeccionista, poco tolerante a los cambios, que aún percibía a su hermano como una amenaza. Lo emocional preponderaba en su cerebro frente a lo racional. De modo que su comportamiento era normal. Como normal sería pellizcarle. Abofetearle. Ya no en sueños. Ponerle una mano en la boca y apretar hasta el final. Para luego negarlo. Sabiendo que John Wayne mentiría por ella.

Y que tendría un retrato suyo. Pronunciaría su nombre como el de una leyenda. No la abandonaría jamás. Porque de eso se trataba: de la piadosa salvación del honor familiar.

Evanescente

LO VEGETAL

I

No podía decir que viviera en paz. No se atrevería ni a pensarlo. Tampoco entendía qué le estaba pasando. No sabría especificar cuánto tiempo llevaba allí dentro, experimentando ese terror que la dominaba cada vez que regresaba a la materialidad del presente, a su existencia verdadera, en cuanto abría los ojos y constataba que ahí seguía, en el mismo encierro, la misma estrechez, el sofoco que le provocaba el entramado que la rodeaba impidiéndole cualquier desplazamiento, cualquier cambio o variación voluntaria que lograra aportarle cierto sosiego, aunque mínimo, algo de aliento. Ni siquiera podría definir en qué consistía la paz porque era intentar separar los brazos de las costillas, alargar los dedos, girarse, y que ahí estuviera. Era volver ligerísimamente la cara, querer examinar de cerca la textura de lo que la envolvía, y rozar sin remedio esa cubierta carnosa, tensa al tacto como una sábana extendida sobre un colchón, aunque mullida igual que el propio colchón. Un recipiente infranqueable. Flexible pero hermético. Con la silueta de una flor. Una barrera que le impedía salir y que contaba con su propia singularidad, su propia respiración y capacidad de discernimiento. Con una voluntad, sí, que consistía en quedársela.

La constatación continuada de que no podía escapar, de que día tras día seguía en el interior de un órgano que era como un cáliz que se plegaba sobre ella con la pretensión de asfixiarla, sirviéndose de sacudidas no anunciadas ni previsibles, seguramente subordinadas a algún impulso primitivo, hacía que se aterrara mucho más. De vez en cuando estiraba los labios e intentaba descansar repitiéndose que al menos el organismo que la cercaba no le provocaba dolor. Sí congoja. Sí espanto. Pero no padecimiento físico. Sin embargo, la reclusión y el conocimiento instintivo que esa reclusión acarreaba no le permitían un reposo real. En su caso, la comprensión no traía aparejada la calma. El saber no hacía de ella un ser más hábil ni más resistente en el interior de esa cavidad esponjosa que se le antojaba de una tonalidad verde aunque resultara confuso hablar de color en un espacio al que no accedía mucha luz y en el que apenas reconocía su propia voz cuando balbuceaba mah, único sonido que lograba emitir ahora. Un escueto mah. Como si estuviera aprendiendo a hablar. Con un estremecimiento que respondía a la amenaza de quedarse allí para siempre, convertida en un elemento fácil de desmenuzar. Una ilusa. Una inocente. Sin armas para la defensa ni el ataque. Sin una cuchilla con la que rajar la membrana más próxima y hundir la hoja y dividir las sucesivas capas que fuera encontrándose, seguramente firmes, seguramente viscosas, fruto de una combinación de azúcares y materia en descomposición como ella misma, que seguiría trastocando las sílabas al introducir las uñas y luego las manos entre las pegajosas vetas que fuera rasgando con cortes verticales, balbuceando no sólo mah, sino también tah, en un empeño por ser consciente de lo que le sucedía y a la vez acariciando la fantasía de refugiarse en el desconocimiento. ¿Qué hacer? Capturada en esa humedad constante. En ese nectario. Desnuda y curvada sobre sí misma. ¿Qué podía hacer?

No disponía de más herramientas que su propia cordura. Su capacidad de lógica y reflexión. Aunque podía rezar, naturalmente. Siempre podía rezar. Pedir clemencia, porque era ella quien debía prosperar y emerger al oxígeno del exterior después de haber escapado de esa trampa que la corroía con una presión blanda que no cesaba y que seguiría apretándole espalda y abdomen con la intención inequívoca de atravesarla. Era ella quien debía salir, absorber la luz del sol, tener una vida por delante. Así había de ser. Así debía estar escrito. De modo que podía rezar como había aprendido a hacerlo, mentalmente, convencida de contar con la complicidad de las alturas. Repitiéndose razonamientos que debían aquietarla («ay de ti, destructor que aún no has sido destruido») con la cadencia de su recitativo («traidor no traicionado»), sembrando en su cabeza algo parecido a la serenidad («cuando hayas terminado de destruir serás destruido») y logrando que se apaciguaran los temblores («cuando hayas completado tu traición, te traicionarán»). Con la súplica de que aquello que la rodeaba dejara de valerse de su desamparo para seguir formándose.

2

Su desamparo y su carne.

3

También a ella le habría llamado la atención. También se habría aproximado, sin duda, y se habría agachado para tocarla, deslumbrada por su color tan sugestivo, ese exterior tan brillante. Sin detenerse a distinguir el foso que albergaba dentro, oscuro y dramático como el centro de una amapola. Seguro que habría mirado a su alrededor y habría preguntado: «¿Qué es esto? ¿Qué es?». Para, de inmediato, sin esperar respuesta, entregarse a su particular tragedia y descubrir el horror al comenzar a hundirse, percibiendo el clamor de sus propias quejas. Advirtiendo una molestia en la garganta. Frotándose los músculos posteriores del cuello con una mano mientras notaba que empezaban a llorarle los ojos y que el cuerpo se le reblandecía bajo la presencia de una sustancia gelatinosa que iría recubriéndola como una película transparente, una nueva piel.

Alguna ayuda tenía que llegar. De su mano o de mano ajena. Ella seguiría intentando localizar una vía de escape, algún punto débil. Una zona en la que golpear para que la boca se abriera de repente, de la misma manera en que se había cerrado, momento milagroso que aprovecharía para huir. A toda prisa. Con la máxima energía que le permitiera el jugo pastoso que la aprisionaba. Pero podía suceder también que el auxilio llegara de fuera, con una paseante que, confiada y temeraria como ella, una mañana se sintiera violentamente atraída por la belleza de esa planta crasa acomodada en la sombra, robusta y resplandeciente como un tronco luminoso, y deseara observarla más de cerca, identificarla, fotografiarla, incluso tocarla, deslumbrada por su color tan sugestivo, ese exterior tan brillante, sin detenerse a distinguir el foso que albergaba dentro, oscuro y dramático como el centro de una amapola...

4

Una entraba.
Otra salía.

LO ANIMAL

I

Aquel era el mayor silencio que iba a percibir en su vida. Y, sin embargo, de vez en cuando le llegaba el sonido de lo que parecía un desgarro súbito, una incisión que ella advertía como una punzada en el estómago (quizá en otro órgano más indefinible) y contra la que no podía hacer nada. Imposible oponerse. Inútil protestar o crisparse. Lo cierto era que no estaba sola. Lo cierto era que no lo había estado jamás. Lo notaba. Por supuesto que lo notaba. Pero una cosa era notarlo y otra querer reconocerlo. Que lo que la rozaba era una criatura más fuerte, idéntica a ella pero intacta, que iba apoderándose de su espacio y que se ensanchaba completa, obedeciendo a unas proporciones perfectas, con los ojos cerrados y los puños redondos a ambos lados de un rostro que sería exacto al suyo de no estar siendo engullida. Una criatura que se iba haciendo con lo que le debería pertenecer sólo a ella. Digiriéndola. «Se me está comiendo», decidía en los segundos en que podía mantener un razonamiento medianamente objetivo y equilibrado, desprovisto de sentimiento. «Se me está comiendo», y adelantaba un pie. Doblaba un brazo. Se encogía. Se hacía más pequeña para evitar el pie ajeno, el brazo o la cabeza de la otra, que hacía justo lo contrario: se giraba, se echaba sobre ella, se extendía y lo ocupaba todo desarrollándose de un modo uniforme. Esa entidad a la que se veía unida en huesos y tejidos, inconmovible ante su descuartizamiento, que no iba a dejar de desintegrarla.

Era en esos instantes de lucidez cuando llegaba a la conclusión de que quizá la existencia le resultara más sencilla si aceptara que no había sido concebida para crecer y quedarse en este mundo, sino para nutrir a esa fiera de hambre inagotable que vivía con ella, que vivía de ella, en unas entrañas que habrían ofrecido alimento en cantidad suficiente para sustentarlas a las dos. Donde se encontraban fundidas, integrada la una en la otra, entrelazadas e incorporadas a una única naturaleza. Un mismo cuerpo que era, cada vez más, el de su hermana. Se sentía frágil, casi insignificante, pero no podía ceder. Todavía no. Iba a continuar protegiéndose todo lo posible pronunciando sus reiteradas sílabas inconexas, consciente del mandato que le daban. Su mah. Y su tah. Sin la r final porque le parecía complicado rematar el verbo en ese perímetro espeso y cárnico, tan comprimido. Aun así no iba a dudar. Iba a aferrarse al imperativo que tarde o temprano cumpliría, disuelta en ese otro organismo del que ya formaba parte, el de una hermana que seguía adelante libre de toda aprensión, sin remordimientos. Sin poner los ojos en ningún sitio concreto ni tampoco en ella.

2

Que no percibiría el aroma de las prímulas. Que no vería florecer los almendros ni sabría reconocer el pu-pu-pu grave de una abubilla. Que no nadaría en línea recta ni hundiría las manos en el pelaje manso de ningún perro. Pero que pasados los meses, tal vez los años, disgregada y fraterna, ejecutaría desde dentro la orden biológica, convencida como lo había estado siempre de contar con la complicidad del paraíso. Destruyendo a su destructora, como se insistía en su rezo, en una venganza que vendría de sí misma porque es bien sabido que las crías que se tragan a sus iguales en el vientre materno nunca sobreviven.

Roca blanca, fondo azul

«La felicidad no está ligada a la inocencia.»

SIMONE WEIL

I

Lo primero que hace una mujer cuando llega a una tierra que es suya pero no lo ha sido hasta entonces es medirla. La recorre porque recorrerla es un requisito indispensable para medirla, y la estudia. Calcula sus límites y sus posibilidades. Una mujer que llega a una tierra nueva quiere aprendérsela. Hacerla suya con la certeza de que lo será para siempre, aunque deje de vivir en ella. Aunque la abandone. Aunque traspase la propiedad. O aunque se la quiten. La huele y se agacha para tocarla. Y no porque sea una idealista o una arrogante, sino porque es necesario. Lo hace para conocerla y asimilarla. Mira atrás tanteando el camino que ha recorrido. Mira a su alrededor para comprobar lo que le queda. Mientras los pájaros se van de los árboles. Mientras los ojos de otros seres la observan desde sus agujeros y las hojas secas crujen sin que parezca que nadie las pisa. Comprueba lo que tiene y se asegura de que lo que tiene concuerda con lo que le han certificado que tendría, incluso unos metros más. Árboles y piedras. Un pozo. Una gran roca en el horizonte y un lago en el que se puede bañar y al que es fácil llegar andando. Ya hay culebras y hay insectos. Luego vendrán los gatos furtivos. Los perros y los demás mamíferos. Las aves domésticas. No termina de acostumbrarse al crepitar de las hojas que nadie pisa. Ni a las voces de las aves nocturnas. Esas aves que chillan como niños. Pero lo hará. Repitiéndose que es digna. Digna de tener una casa en su tierra y guardarse en ella para descansar y dejar de tener miedo. Un miedo que es sólo una ofuscación del ánimo que hay que calmar. ¿A qué podría tener miedo alguien como ella? A las culebras. A no dar con las canalizaciones de agua. A las grietas. A encontrarse muertos a los animales. A la sed. A su propia ira seguida de esa furia que la lleva a estallar ante lo que considera una humillación o una ofensa. A los golpes en el vientre y a los momentos en que el oxígeno no llega a los pulmones.

Sí. Construirá una casa y se hará vil por ella porque no hay ser que no envilezca cuando tiene una casa que no tuvo antes. Ni ella ni ninguno de sus antecesores. Una casa de piedra con puertas de madera. Grifos de los que brota el agua y bombillas de las que surge la luz. Utensilios para la labranza y para el cuidado de los animales. Una casa a la que pondrá nombre porque un lugar, un hijo o un perro empiezan a gozar de identidad y a diferenciarse de los demás cuando se les bautiza. No tiene intención de trabajar sola siempre, entre otras razones porque no es tan necia como para creer que podrá conseguirlo sin terminar colgada de una de las vigas del techo. Contratará a otros que se encarguen de lo más difícil y de lo más duro cuando, pasado el tiempo, pueda organizarlo. Por el momento, lo que hace es apartarse los mosquitos de la cara y juntar piedras. Sabe cómo lograr que esos pedruscos formen una pared y luego otra y finalmente lleguen a sostener una cubierta. Sabe cómo avanzar usando sus propias manos y su propio sentido de la proporción.

Está cercando su terreno sin topógrafos que le indiquen qué dirección seguir, pero procurando no perder ni un centímetro de lo que es suyo ni apoderarse de un solo centímetro de la tierra contigua. Cava unos hoyos en línea cada tres pasos, a una distancia similar o aproximada, y en los hoyos clava unas estacas de madera, entre las que extiende las mallas metálicas. Cuando el desnivel se pronuncia demasiado en su descenso hacia el lago hay que elevar unos muretes de piedra que mantengan la altura previa y asentar sobre ellos más postes de madera que, vistos con perspectiva, marcan una sucesión de guías y señales como hombres en formación, guardianes de su frontera. Justo lo que necesita para afianzar su fortaleza. A este lado lo que le importa, al otro lo que no.

Sesenta y cinco pasos de ancho, doscientos veintitrés pasos de largo desde el extremo de abajo hasta la casa y ciento cincuenta pasos desde la casa hasta el extremo de arriba. No va a entrar en su propiedad nada del exterior, pero tampoco quiere que salga nada sin su consentimiento. Una muralla de defensa. Semanas quitando piedras, removiendo la tierra, sacándola de un sitio para depositarla en otro, calculando longitudes y volúmenes, desesperada por la mala calidad de su suelo, por el grosor de los guijarros, por el calor, por la ropa que se le pega al cuerpo. Por el esfuerzo que ha de invertir en un trabajo que, al final, va despacio, y por el agotamiento, los mareos, la deshidratación. Cuenta con pocas herramientas, ninguna ayuda y la única presencia viva de unos insectos que se empeñan en metérsele en los ojos y en acudir a su boca, cuando allí no van a encontrar más que la fetidez de un aliento seco. De nada sirve el sombrero de paja que está roto ni los aspavientos que hace con las manos. De nada le vale gritarles a las moscas que se larguen o que se mueran, porque esas moscas pequeñas, de vuelo lento, amontonadas en torno a su cara, sólo entienden su propia necesidad, y los labios de esa joven disponen de saliva, un bien preciado en aquel terreno que se abrasa en verano y que en cambio quedará inundado o helado en invierno. La han avisado de que se encuentra en un lugar de extremos y ella ha respondido que ya lo sabe. Pero una cosa es saberlo y otra vivirlo.

–Con la cuchara que elegimos tenemos que comer –murmura.

Y establece una conversación en la que participan dos aunque esté sola.

«Ven… Quiero que veas algo.»

«¿Ahora? ¿Tiene que ser ahora?»

«Sólo un minuto. Ven.»

«¿No puedes esperar un poco?»

«Claro que no.»

«Será algo importante…»

Un diálogo sin trascendencia, sin ninguna consecuencia, pero que necesita mantener para seguir considerándose un ser inteligente que conserva la capacidad de comunicarse con otro ser inteligente aunque allí no haya nadie más. Aunque sea ella quien piense, quien interprete, quien plantee y quien conteste. No le parece tan extraño. Es consciente de que está sola de modo que no puede acusársele de haberse salido de sí misma ni de haberse hundido en el barranco de la locura. Si debe fingir interés, finge interés. Si debe prestar atención, presta atención. Si debe asentir con la cabeza o responder con un monosílabo, sabe igualmente hacerlo.

«La incertidumbre y la inquietud se liberan trabajando», se dice.

Eso le han enseñado.

Además de todo lo que necesita saber sobre zanjas de cimentación, rebajar tierras por un lado y rellenarlas por otro. Compactarlas. La habilidad para la recogida de las aguas. Años de aprendizaje. Años de ahorros. Peldaños, remates laterales. Zócalos. Albardillas de piedra. Ha ido haciéndose con un montón de utensilios que parecen trastos a primera vista, pero para los que encontrará acomodo. No hay el menor problema en quedarse con lo que los demás desechan. En ningún lugar llamarían ladrona a una mujer que se lleva lo que nadie más quiere. Ha encontrado una soga en una pared medianera, en ese mismo camino que conduce a una carretera. Quien fuera que la había usado no la necesitaba más y ella dio por hecho que así era: se la llevó sin mirar a los lados ni atrás, y del mismo modo ha conseguido un destornillador con mango de madera. Una hoz oxidada. Fragmentos de barro cocido. Un macetero en el que plantará un geranio... En una de sus partidas por los alrededores descubrió dónde estaba el altillo del vertedero y fue a buscar allí los primeros enseres de su hogar. Una mecedora. Una pila de azulejos. Un par de barriles y cubos de metal. Cubetas para hacer cemento. Nada que no se pudiera arreglar. Ha aprendido a moverse por el vertedero como quien deambula por los pasillos de un almacén, sus simas y sus cúspides, y ha encontrado platos, vasos, cacerolas y cacharros de cobre abollados. Una tulipa que no está rota junto a otras que sí lo estaban. El cerrojo de una puerta grande. Un serrucho. Una carretilla que no avanza en línea recta, pero que se puede enderezar. Y unos prismáticos que le parecieron nuevos, protegidos por una funda de piel también nueva, con los que controlar su tierra sin tener que recorrer a pie cada metro. Localizar a distancia qué cambia, qué se mueve, qué entra, qué sale, en qué dirección y con qué propósito.

Pronto supo que no están bien. El ojo derecho no concuerda con el ojo izquierdo y la imagen que forman no se muestra entera. Aun así, los guarda. Los pondrá sobre su futura repisa de la chimenea y acariciará el lomo de su perro mientras los observa sobre el crepitar del fuego. Le harán recordar lo que ha sido. De dónde ha salido. Cómo ha llegado hasta donde ha llegado. Junto con las cosas que lleva consigo desde el principio, el reloj de su padre, su pañuelo, un par de libros. Y las que sigue encontrando. Una lechera oxidada. Un espejo que refleja los rayos del sol desde el inicio del día y en el que se mira para comprobar que sigue siendo ella, que las arrugas del cansancio y la amargura no la han convertido en un trozo de cuero seco o en una rata. Que aún no se ha transformado en una alimaña a pesar de su afición a acercarse a los lugares en que han estado los gatos y las cabras para oler sus meados y pisar sus excrementos, y de esa manera percibir algo orgánico que no tenga que ver con sus propias manifestaciones orgánicas, y conjurar la soledad. Conspirar contra ella. Sintiéndose un animal más que se construye un refugio y busca un sustento, mezclando su olor agrio con el olor cárnico de las cabras. La materialidad de cada tendón y cada músculo frente a la inmaterialidad del espíritu que le exige los rezos del padrenuestro y que la hace aullar todas las noches, todas las santas noches, para librarse del terror.

2

Afortunadamente, las mañanas llegan de forma invariable y por las mañanas salen las mariposas y ella recibe desde el amanecer el empuje primitivo que la fuerza a volver a rezar y volver a trabajar para terminar lo que ha empezado. Echándose por la cabeza el agua del pozo. Refrescándose la nuca, las axilas. Oyendo de tanto en tanto los disparos. El chirrido de un pájaro y los ladridos de los perros de otros, consciente de que una mujer sin un perro es una mujer a medias. Sin nada que respire a su lado y sin nadie a quien dirigirse porque el sentido común le insiste en que no se puede hablar con las piedras o los árboles. Está sola la mujer cuando no tiene un perro. Pero ella tendrá uno.

Tampoco puede charlar con las cabras aunque estén cerca y sean siempre las mismas. Un macho, unas hembras y sus crías. Las huele antes de verlas. Le dan calor. Más calor. Las ovejas son pacíficas. Las cabras, beligerantes. Lo destrozan todo. Ella avanza en su dirección, las echa dando palmadas, y en la estampida una cría de color casi blanco se queda siempre atrás, perdiendo al grupo. Siempre. Después pasa horas saltando de un lado a otro, como un cervatillo. A lo lejos y más cerca. Recorriendo la línea marcada como límite de su tierra. Reclamándole algo a ella, que la ve, que se detiene a observarla, y que cuando no puede soportarlo más le tira una piedra. Pero la cría no se va. Sigue apelándola frenética con la mirada, subida a una roca, berreando. Siempre igual. Hasta que a eso de las dos, cuando el sol traspasa la materia, animal y vegetal, el grupo se aproxima de nuevo a sus árboles, y ella advierte que vuelven a estar todas. Reunidas en un pelotón hambriento y devastador porque son seres sin memoria y sin rencor, que dejarán de entrar en lo suyo en cuanto cierre por completo la valla. En cualquier caso, ha oído que son demasiadas y que las están matando a tiros.

–Eso no es bueno para nadie –dice.

Todo sería distinto de tener un perro. El perro se ocuparía de ellas. Y la desazón del ser humano hembra quedaría salvaguardada por el instinto perseguidor del perro, que se encargaría de espantarlas. También las noches serían menos violentas y podría dejar de estar alerta. No tendría que interpretar cada crujido, el deslizamiento de cada ser que repta, el vuelo de cada ser que silba. Con un perro de tamaño mediano al que adiestrar y con el que entretenerse los días serían menos monótonos. Al que acariciar por las noches, después de la cena, cuando los dos se echaran a descansar tras una jornada de deberes cumplidos. Cuando el animal se tumbara a sus pies y ella se sentara en la mecedora ya recompuesta, con las manos reposando en los soportes de madera arqueada y el arrullo del balanceo que activaría ella misma propiciando el tránsito de la vigilia al sueño. La satisfacción de los asuntos cerrados. Los trabajos concluidos. La mecedora la acunaría y ella repasaría las faenas. La tierra extraída. Las piedras asentadas. Los muretes construidos. Y con ese recuento, con la enumeración mental de cada conquista y cada logro, hasta el anochecer parecería propicio para seguir proyectando el alzado de su casa. La disposición de los cuartos. La cocina. La despensa. Las conducciones para el agua. El lugar que ocuparían las ventanas y el recorrido del sendero que llevaría desde la casa hasta la entrada por arriba y desde la casa hasta el lago por abajo.

Todo ello mientras se quedaba dormida y acariciaba al perro que iba a tener y al que llamaría Bendigo.

3

Éste es su tramo. Su terreno. Son sus guijarros. Su propio estiércol. La mierda de las que serán sus ovejas en su redil y el meado de los que serán sus perros. Sabe hacer fuego, aunque ahora ha de tener cuidado con el sofoco del verano y las hojas que se agitan con la mínima brisa o con las pisadas de los gatos. Controla sus hogueras. Las prende y las protege con cantos redondos que terminan oscurecidos en la cara interior, la que rozan las llamas. En ellas se calienta el café que bebe para desayunar y fríe la carne que se prepara para cenar. A veces, cuando levanta la mirada, cuando aparta los ojos de la lumbre, ve la figura de una chica que la mira sin hablar y sin dar la impresión de querer nada. Tampoco ella espera nada, así que la observa durante un segundo y la reconoce al instante porque siempre es la misma. Llevan años practicando ese ritual, se encuentren donde se encuentren. La chica llega y se yergue ante ella sin moverse, se diría que sin respirar siquiera, sin avanzar por el trozo que conduce a su espacio, cubierta con una chaqueta de color gris a pesar del calor, y con el pelo cayéndole por los hombros, como si no le agradara recogérselo en lo alto de la cabeza. Brota en su terreno como brotan los abrojos, las ortigas, las zarzas. La escudriña y no da muestras de tener hambre ni sed. En realidad no está y las dos son conscientes de su no presencia, pero aun así ella se asusta si cuando la otra se le anuncia empieza a anochecer y en cambio no tanto si su repentina visita se produce en plena mañana o al mediodía. Le gustaría acercarse y pedirle perdón, decirle que no quiso hacerlo. Que no fue premeditado. Que en el centro, durante todos esos años, ha aprendido a proceder de otra manera, a moderarse. A no dejarse arrastrar por la ira. A ajustar su comportamiento a su auténtica voluntad, la que se corresponde con su verdadero ser, y no a la que se expresa a través de esos aullidos y esas explosiones contra todo lo que considere repentinamente perjudicial. Con una crueldad que aborrece y que le ha traído consecuencias tan terribles.

Pero hace demasiado calor para ponerse a andar hacia una persona que no existe y luego tener que regresar.

Cuando se queda otra vez sola, se asegura de apagar el fuego, y ya sólo ve un círculo de tierra chamuscada, enmarcada por las piedras redondas que han dado forma a la cocina provisional ante la que se manifiesta esa chica a la que conoció de verdad, de manera física, y que alteró su vida para siempre. Una chica que a estas alturas ya está familiarizada con su modo de actuar y sus circunstancias. Que la ha visto preparar los alimentos y comérselos. Que la ha vigilado durante el trabajo, durante el sueño, y que por tanto sabe que ha dejado de ser peligrosa a pesar de todo lo que se ha dicho sobre ella y a pesar de lo que les sucedió a las dos tras un empujón que a nadie le pareció normal.

A veces va a buscarla por la tarde cuando da un paseo corto y se come una fruta. Querría disculparse, pero en esas ocasiones no aparece. Ni siquiera cuando la llama por su nombre. Podría haber estado sentada en el tocón de un árbol ennegrecido que parece quemado, como si lo hubiera partido un rayo. Pero su pelo suelto no se deja abrasar por el sol en esas ocasiones. Tampoco se revela cerca del poste en que le gusta apoyarse a ella para descansar. Ni entre los montones de sacos que acumulan los objetos traídos del vertedero. No parece tener interés por los fragmentos de madera barnizada que en su día pertenecieron a un armario ropero ni por los metros de manguera que ella ha recogido en forma de aro sirviéndose del brazo derecho para enroscar la goma en torno al brazo izquierdo con un movimiento de rueda. Como la rueda de una máquina de hilar. Tampoco parece querer conocer las patas labradas de una mesa y unas sillas que debieron de constituir en su momento un conjunto completo para celebrar las reuniones de Navidad.

Terminado su paseo, sin verla, vuelve a echar un vistazo a las cenizas del fuego del día y sigue con su labor. En esa continua lucha por vivir más y vivir mejor.

«Sigue siendo como era entonces.»

«Pues tendría más años que tú.»

«Pero yo era más grande.»

4

Jornada tras jornada la van devorando los mosquitos a pesar de estar más fuerte y, en su opinión, más alta. Más morena y con el pelo más largo. Cree haber ganado agudeza visual. También nota el oído más educado. El olfato más fino. Se está convirtiendo en un animal del valle, y ve con nitidez lo que se agita por las noches en la oscuridad. Vive al aire libre, en sus dominios aún abiertos, y así seguirá hasta que las condiciones del invierno la paralicen. Ahora no tiene mucha relevancia que apenas coma, pero en la siguiente estación necesitará grasa, mantas y algún techo. Sigue abriendo agujeros y clavando estacas sin considerar las horas ni lo caluroso de la tarde ni el sudor que le chorrea por las sienes y la nuca. Sometida al olor de la tierra abierta, el cuero caliente de los animales. Hundiéndose los dedos en los ojos, frotándoselos. Restregándose el dorso de las manos por las axilas mientras advierte cómo se disuelve y se desmorona bajo las avanzadillas grasientas de las chicharras.

Notando la garganta seca y la piel enrojecida. La de la frente, la del cuello.

A veces la luz la ciega y desearía entonces estampar la cabeza contra un árbol. Talarlos todos, aquellos árboles. Lo haría si lograra deshacerse así de las chicharras. Grita para que se callen y, tras el alarido, por un brevísimo segundo, parece que le hacen caso. Pero vuelven. Y con cada estallido aumentan las brasas del sol, el carbón en la piel que le arde. El empuje de los mosquitos. Las picaduras que se le clavan en los brazos. En la parte posterior de las piernas. Todo su impulso, todo su vigor... Mermados por la acción de unos insectos, brutos minúsculos. Todo su empeño y toda su fuerza. Las virtudes que definen a un ser humano. Su autoridad y su potestad de obrar. Aplastadas por el rumor pastoso de esos chirridos que se sitúan cerca de ella, más y más cerca, entre las ramas y entre el espesor de su pelo, con el único cometido de taladrarle el cerebro. Acabar con ella mientras se pasa la mano por la cabeza e intenta quitarse de encima las patas de los bichos. Ese zumbido que la ensordece.

Está sola y no dispone de los movimientos necesarios para aliviarse. No puede agacharse más ni estirarse más. Ningún consuelo va a proceder de sí misma. Ningún bálsamo calmará tanto resentimiento. Así que los mata. A todos los que se ponen a su alcance. A los mosquitos y a las avispas. Las arañas y las cucarachas. A zapatazos. Hasta a las culebras, a bastonazos. Con la misma ira que hace que el tiempo cese y que el tiempo se reinicie sacudido por la violencia de su propio acto. En esos segundos en que deja de estar en el mundo y a la vez empieza a vivir en el mundo.

No puede evitar preguntarse cuando se sienta por las noches y se quita las botas, los pantalones, qué sucedería si alguno de esos parásitos a los que no hubiera conseguido rematar, movido por la irracionalidad, se le metiera bajo la piel.

Deja los pantalones a un lado, se echa sobre el suelo que ha ido marcando como la planta de la que será su casa, y ahí duerme, de nuevo comida por los insectos, recorrida por las suavísimas brisas nocturnas y olfateada por los zorros, los lobos, los jabalíes. ¿Acaso es una más entre ellos? Animales a los que apedrearía para comérselos o para defenderse y dejar claro quién manda, quién domina a quién. Mira las estrellas reconociendo la forma de la Osa Mayor y cree advertir la atmósfera de Marte. El trazado de la Vía Láctea. Lo que oyó decir de pequeña y poco más, cuando le contaron que lo que percibe al contemplar una estrella no es en realidad la luz del presente sino la del pasado. No termina de entenderlo, así que vuelve a pensar en el vallado, en los materiales que sigue necesitando y en cómo va a conseguirlos. En cuántos días le quedan para terminar. Hace cálculos de días y de metros, y se siente reconfortada porque de eso sí entiende, de eso sí sabe. En el centro la formaron bien. Tuvo buenos tutores y buenos instructores. Tantos metros, tantos días. Tantos pasos, tantas estacas. Y así se queda dormida, midiendo mentalmente su tierra. Sublimando el instante en que todo concluya, contabilizando sus avances diarios. Evaluando distancias. Diciéndose que ya rendirá cuentas de sí misma ante Dios en ese espacio en el que va a aprender cómo son los formidables cambios de estación, los estragos que ocasiona el granizo, las tejas que rompe, las goteras que abre. Donde estará al tanto de los azotes de las sequías, las fiebres de los conejos, los eclipses de luna. El estado de las abejas.

«Yo derramaré aguas sobre el sequedal, y ríos sobre la tierra árida... Y brotarán entre hierba, como sauces junto a las orillas», recita.

Oye disparos muy temprano, dos seguidos, y los ladridos de los perros de otros. Se sube a su montón de piedras y piensa que también ella tendrá el suyo. Y todo comenzará a avanzar por fin. Le llegan asimismo unas voces procedentes del camino: una mujer grita y otra responde. No termina de entender ese código de comunicación y no da nunca señales de vida porque las llamadas no son para ella.

«Mejor que ni me huelan», se dice.

Mirándose en el espejo. Viendo los ojos de su padre.

Señor, no soy digna de que entres en mi casa. Señor...

Pero sí. Claro que lo es.

Solo que primero tiene que construirla.

5

Con la primera lluvia se siente feliz. Acoge las primeras gotas que recibe su terreno en su presencia con los brazos extendidos hacia la opacidad del cielo cuando aún no ha oscurecido por completo y el agua le cae encima caliente y lenta. Más tarde, en plena noche, la lluvia deja de ser lo importante y pasa a serlo la roca, que danza espasmódica a derecha e izquierda ante un fondo de luz en esos instantes en que no debe haber luz, en las horas de cerrar los ojos y descansar. Quiere buscar refugio y le dice a Bendigo que corra con ella en dirección a una pila alta de piedra situada junto a una de las paredes. No tendrán techo, pero esos dos paramentos los envolverán y les darán sensación de abrigo. Los resguardarán por la espalda y por un costado y, aunque no sea cierta, la sensación de protección les consolará. Mira ante sí con la cara empapada y cree ver algo que surge del suelo hasta una altura de poco menos de un palmo, un vaho que le rozaría los tobillos si estuviera allí de pie, de un color que le parece cambiante, más naranja, más terroso, más pajizo. Acaricia al perro que algún día tendrá y se rodea las rodillas con los brazos para apoyar la cabeza sobre ellos mientras todo estalla. Los reventones broncos de los truenos. La dureza puntual del agua. Con una rabia que en realidad no es nada. Únicamente la demostración de cólera más antigua del mundo. Esa intimidación que ha hecho creer al hombre de todos los tiempos que ha obrado mal y que recibe un castigo por ello. Una furia, la de la naturaleza, que le hace pensar en sí misma y sus accesos de demencia. Su desesperación cuando se le mete algo en la cabeza, un pensamiento que no debe estar ahí, y nota que podría dejarse llevar y ponerse a aullar por las veredas desollándose las rodillas. Terminar con todo igual que terminó con quien se sigue alzando frente a ella como una resucitada. La chica que se burló de su padre y que se ha establecido en su tierra sin habérselo consultado, con las mangas de la chaqueta subidas hasta los codos y sus prismáticos colgados del cuello. El sobresalto es el mismo. Los gritos también. Los de la chica que surge en este terreno que la está consumiendo y los suyos.

No va a pasarle nada. A pesar del bramido, a pesar de lo pavoroso de las sacudidas en un cielo convulso que no reconoce, a pesar de las miradas de la chica que se le aparece y que la espera con el pelo empapado en mitad de la noche, debe ser consciente de que está a salvo, ahora sí, y de que tuvo que hacerlo. Cumplir con lo escrito. Someterse y acatar los mandatos de la ira sin distinguir aún la silueta del monstruo, aunque para los demás el monstruo acabara de encarnarse en ella.

Debe ser consciente también de que aquello va a repetirse con frecuencia, así que más le vale irse acostumbrando.

Al día siguiente todo parece resplandecer. La tierra amanece blanda y gruesa. Con olor a ganado. No ha descansado bien, pero decide ir más allá de los límites que está trazando para saber de las consecuencias de la tormenta en otros sitios, en el camino, aunque esa zona no sea suya.

Asciende por el sendero, llega al lugar en el que algún día instalará una verja y desde allí observa con las manos en los bolsillos lo que está haciendo en lo que sí le pertenece como si no fuera ella misma la espectadora ni ella misma quien habrá de seguir colocando más piedras. En esa parcela. Con sus hoyos, sus estacas de madera, sus mallas metálicas. Lo revisa todo desde esta nueva perspectiva y se ratifica en su plan de entrar directamente a la planta principal por la parte más elevada del terreno y, en cambio, en el otro extremo, excavar unos escalones que partan del porche trasero en dirección a la zona cubierta de abajo, desde donde accederá a la planta inferior. Va a abrir una escalera estrecha dentro, y estudiará en qué punto han de ir las chimeneas de los dos pisos para que se reparta el calor sin montar humo. Querría tener a su padre con ella. Oír su voz. Sus advertencias. Sus enseñanzas. Eso es lo que querría. Volver a verle. Tenerle delante en carne y hueso, y abrazarle. Tocar su cara hundida de piel curtida. Dedicarle su vida cerca de la roca y hablarle de lo desmedido que es todo en ese lugar. Las insolaciones del verano, los previsibles hielos del invierno. Los agujeros en la tierra. Los disparos y el pozo. El comportamiento de las bestias que andan juntas. Ofrecerle lo que es suyo y explicarle que lo que es suyo le pertenece también a él. E imagina que está ahí, al fondo de la estancia mayor que será el salón, escuchando los detalles que ella le da, cómo le describe las peculiaridades de la construcción y le insiste en que mire con cuidado por dónde pone los pies porque con tanto poste y tanto alambre podría tropezar y romperse la crisma. Vuelve a decirle que ahí está su tierra y que ahí puede quedarse todo el tiempo que quiera, mientras ve que se aproxima un gato que se rasca la cabeza. Se tumba, se lame una pata, se rasca la cabeza otra vez, por un lado, por otro, y va a frotarse contra sus piernas, momento en que ella lo aparta sin contemplaciones.

No busca un gato. No quiere saber nada de ningún gato. Ya tiene gatos en su propiedad, en ese llano. Lo que necesita es un perro con el que poder hablar. No es feo el gato. Un poco escuálido.

Lo del perro es otra cosa. Aunque no se hubiera educado precisamente en la práctica del amor incondicional ni de la compasión, aunque no hubiera crecido contando con la magnanimidad de los suyos ni apoyándose en las bondades de los demás, ya sabe dónde poner los límites y distinguir lo que está bien de lo que está mal. Sabe que debe cuidar de su perro. Darle de comer y no molestarle. Cuando un animal duerme junto a una mujer es que confía en ella.

Le mirará a los ojos y verá inteligencia en ellos.

6

Va a regresar a su terreno sin hacer, junto a sus árboles, bostezando y metiéndose una mano por debajo de la camiseta para tocarse el culo, cuando oye el trote de un caballo y al instante la voz de una mujer que le grita algo desde la distancia. «Lárgate», se dice. «Ahora mismo.» Así que se pone a andar sendero abajo negando con la cabeza, con la intención de volver a lo que conoce, sin detenerse. Respira una infusión de hojas de árbol aún mojadas y siente que la humedad le reblandece la carne mientras acelera el paso. No va a prestar atención a las palabras de una mujer que la llama sin tener ni idea de quién es ella ni de cuáles son sus objetivos. Sin saber que duerme ahí, en el suelo, con el pelo cubierto de arena y de paja. Que el cuerpo se le despliega rojo a ronchones por las picaduras de los insectos. Que el empeine de su pie derecho está negro como un tizón por un golpe que no recuerda haberse dado y las manos le han ido adquiriendo la forma de una garra por no soltar nunca la maza con la que clava las estacas en una tierra que no se deja tratar. Que no se lava los dientes y los tiene machacados bajo unas encías inflamadas como globos a punto de reventar. «Lárgate», se repite. Y sigue avanzando recordándose que demasiadas cosas tiene que hacer y que ha de seguir estando sola como tantas veces ha estado sola para dedicarse a lo suyo.

¿Qué es lo suyo? Conseguir algo fresco para comer ahora que dispone de menos cantidad de carne. Dormir en un colchón en vez de en la manta que echa cada noche en el espacio que está construyendo para que constituya la base de su hogar rodeada de una naturaleza que no la acogería si se quedara allí abandonada. Controlar la ira. Caminar sin querer imaginar siquiera que alguien pudiera decidir entrar y robarle las piedras mientras las cabras siguen berreando de manera desesperada, como si al grupo le agradara olvidarse de las más jóvenes a la menor ocasión. Primero unas, luego otras.

–¡Tú no eres de por aquí! –oye–. ¿Verdad?

No va a responder.

No va a enfrentarse a nadie por defender su terreno. Hasta la fecha no se le ha presentado ningún problema de lindes y lo que va a hacer es seguir alejándose mientras nota en los tobillos el roce de los tallos tiernos que crecen en los bordes del camino y las picaduras recientes que se unen a las más antiguas. Pensando en las cabras y en que tarde o temprano se largarán todas. Tendrán que hacerlo. Y más en este momento en que ella no puede ocuparse de las crías ni quiere averiguar dónde van a terminar. Ni cómo. Ha decidido quedar liberada de toda carga de responsabilidad con respecto a su estado. No quiere saber nada.

Ni de ellas ni de aquella mujer que le grita:

–¡Escucha! ¡Ven! ¡No te asustes! ¡Te he visto en el vertedero!

Siente los ladridos de los perros de otros ahora muy cerca, pero en lo que se centra es en esa frase que acaba de escuchar sobre el vertedero y sobre lo de asustarse. ¿Qué significa eso de que la ha visto en el vertedero? ¿Qué quiere decir? No se da la vuelta, pero sí se detiene y baja los ojos. Se huele la piel de las manos surcada por la línea del apego, la de los viajes, la de la superación en que ella cree. ¿Es acaso la confirmación, por fin? ¿Es aquello lo que estaba esperando? ¿La frase que va a arrojarla a las ortigas y que va a arrancarla de su burbuja de serenidad de un tirón con el propósito de que espabile y con el propósito de que comprenda que no va a resultarle tan fácil esconderse y garabatear bocetos y pretender ser otra comenzando de cero? ¿Es esa una frase que se ha pronunciado sólo para que ella la escuche y para que la reconozca con respeto porque de lo contrario, si no pone la debida atención y si no le presta el debido respeto, se verá destruida de nuevo sólo que con un poder mucho más feroz, mucho más salvaje, virulento y dañino que el anterior porque ahora tiene antecedentes que en el pasado no tuvo? ¿Qué quiere decir con eso de que la ha visto en el vertedero? ¿Insinúa que ha robado? ¿Que se ha apoderado de lo que no debe?

De momento ha conseguido que deje de alejarse aunque se reitere a sí misma que debe seguir y ponerse a salvo. La frase la ha paralizado aunque se lo recalque mentalmente, que debe irse. Que lo que tiene es suyo y no necesita más. Ni voces ni consejos ni el gruñido de nadie que venga a charlar cuando no se le invita para iniciar una conversación que termine convirtiéndose en un interrogatorio primero y en una crítica después a lo que se hace y a lo que no se hace. ¿Pero es que vas a usar aquí madera? ¿Pero es que no ves que la madera se pudre? ¿Es que no sabes que hay un material mejor, mujer? Pero no lo hagas de este modo, que luego se te llena todo de carcoma y se te pica y se te viene encima. ¿Y las horas que vas a echarle a cuidar todo eso?

Aun así, a pesar de sus propias advertencias y a pesar de que siga repitiéndose «lárgate», lo que hace es agacharse para recoger un palo del suelo, se gira, eleva los ojos y en ese instante, justo entonces, ahí mismo, percibe el sonido de los ladridos de los perros de otros de una manera real y próxima porque en la zona más elevada de su terreno, en el punto en que se une al camino que ya no es suyo y que de tomarlo la distanciaría de lo que es suyo, está el motivo por el que no ha de irse y que viene a demostrar que la casualidad no existe. Junto al caballo del que la mujer no se ha bajado ni parece tener intención de bajarse, rodeándolo, yendo y viniendo, revolviéndose precedidos de sus jadeos, unos seis perros que pueden ser ocho dan vueltas sobre sí mismos. Se reúnen y se alejan. Olfatean los matorrales. Y ella, que se acerca mientras la mujer les da órdenes, averigua que son Sócrates y Canelo. Banjo y Griego. Los nombres que usa la mujer. Moviendo un brazo para que se estén quietos.

Cada cual busca su lugar en el mundo y ella no va a ser diferente. Está sudando y se da cuenta en ese momento. Seguramente por la humedad que extrae de la tierra el sol, si bien también llegarán las heladas y ambas situaciones resultarán igualmente complicadas. ¿Para qué desear el frío o para qué desear el calor cuando en ninguno de los casos puede el cuerpo adaptarse y la piel se revela insuficiente en su función de proteger al organismo que queda debajo?

Aunque tal vez sude por otra cosa. Tal vez porque crea que ahí está Bendigo, el perro que algún día tendrá. Quiere organizarse el pelo sucio que no puede estar más áspero y que parece rebozado en sal. La mujer deja de mirarla y se centra en el horizonte. Murmura que aquello pasa. Que esas tormentas son algo habitual en la zona. Y sí: ella ya se lo había dicho a sí misma. Ya se había dado el buen consejo de ir haciéndose a la idea de que esas cosas sucederán en sus dominios, junto a la roca. Pero ahora sólo tiene ojos para los perros.

–¿No habrá uno para mí? –pregunta.

–¿Un qué?

–Un perro.

La mujer no parece sorprenderse.

–¿Cuál?

Ella ve a Bendigo, ahí, tan cerca, y le pregunta si puede quedarse con el negro. ¿Ese? ¿El negro? Sí, ese. Había decidido que en cuanto se librase de la desconocida y se adentrase en lo que sabe que es suyo bajaría hasta el lago para darse un baño. Pero eso va a ser más tarde. De momento le basta con Bendigo, y no lo dice en broma. En lo que se refiere a los perros, no se anda con bobadas. Y ahora va a tener uno.

7

Al que separa del grupo con una cuerda y con el que camina sendero abajo, atenta a lo que se pueda encontrar y atenta a las voces que pueda empezar a oír porque basta que alguien consiga algo que desea para que llegue alguien más y quiera quitárselo. Aunque ese algo no le resulte tan valioso. Alguien más que tal vez se atreva a decir que se ha llevado sin permiso al perro que acaban de entregarle y que la acompaña.

No ha sonreído al recibirlo. Podría haberlo hecho, pero no está acostumbrada. Se ha puesto a andar aislada en la cámara de defensa que ha erigido en torno a sí misma y espera no tener que cruzarse con nadie. Va por su tierra y en su tierra está sola, pero sabe que no siempre, y sabe en quién está pensando. En quien sigue alzándose ante ella después de haber señalado a su padre con un dedo sin dejar de burlarse de él. Aquella que fue a caer a su lado golpeándose en la cabeza justo donde no debía. Espera no verla. No tener que recordarla siquiera y dejar de atribuirle esa condición sólida. Dejar de consentir que la traslade a un espacio en el que impera el instinto de deshacerse de todo lo que pudiera agredirla o tratar de desposeerla de lo que quiere (su padre antes, el perro ahora).

–Siempre hubo perros en mi casa –ha dicho.

–Pero tú no eres de por aquí, ¿me equivoco?

También su padre tuvo perros. Los tres Chispas. Un Chispas moría y el siguiente se llamaba Chispas. Un tiro errado. Un trozo de pan envenenado. Alguien que se los llevaba porque los perros son valiosos en temporada de caza. A veces se perdían. A veces desaparecían, así que va con los ojos muy abiertos, notando que el aire huele a menta y alejándose de la mujer sin haber dado las gracias, consciente de que su ánimo no es el mismo. No puede serlo. Está en un nuevo ámbito en el que sólo existe su perfil unido por una cuerda al perfil del animal, separado de todo lo demás.

Se insiste en la determinación de ordenar su conducta en busca de calma y en busca de paz. Aprender a relacionarse con los demás sin sentir deseos de machacarles las sienes con una piedra. Aferrarse a su voluntad de seguir haciendo bien las cosas que debe hacer bien y dedicarle a cada situación el tiempo de reflexión necesario sin experimentar más ira ni más rencor. La mujer le ha regalado un perro cuando ella creía que iba a llamarla ladrona, y ya no iría al lago porque resulta que ahora lleva en la mano un cacho de cuerda que va a terminar en el cuello de un perro que la sigue moviendo el rabo, flaco, nervioso, y que es suyo. Resulta que ahora tiene un perro. Es lo que ha pedido y es lo que se le ha concedido. Circunstancia que hace no sólo que se sienta mejor, sino que quiera ser mejor.

No se ha despedido ni ha dado las gracias. Se gira, retrocede y llega a ese sitio en el que pondrá en su día una verja de entrada.

Le grita su agradecimiento a la mujer, pero la mujer ya está lejos y no la oye.

«Parece tener el poder
de diez mil dioses.
¿Por qué es así?».

8

Se lo echa sobre los hombros. Le frota la piel con los brazos. Lo atrae hacia sí para envolverlo. La mujer se marchó rodeada de sus perros y también ella pasa ahora sus días acompañada de uno, Bendigo, que recorre la propiedad en busca de refugio para protegerse del sol. Que explora, rastrea. Se estira en el suelo, se tiende de lado. Espanta a los gatos y vuelve a ella, que ahora podría decir que va más lenta porque no deja de seguir sus movimientos. Sin confiarse. Atándolo por las noches para que no se aleje, sin querer ni concebir que pudiera distraerse y no averiguar cómo regresar. Pone agua para él en cubos, en maceteros. Y sabe cómo tratarlo. A veces cree oír el trote de un caballo allí arriba, de nuevo en el camino, pero no presta atención. «¿Por qué no te acercas y te enteras de qué quiere?», se pregunta. «Ni se te ocurra», se responde. Los asuntos de esa mujer son los asuntos de esa mujer, y a ella le trae sin cuidado cómo le van las cosas. Lo único que le importa es que tiene a Bendigo.

Y seguir con lo que está haciendo. Cerrar su parcela haga calor o no. Preparar un soporte apropiado para una buena casa que ofrezca un aspecto noble al recortarse sobre el fondo gris y los arbustos verdes de la roca cuando la contemple de pie o sobre el cielo que en ese momento es calor y ahogo pero que con el tiempo se transformará en nubes y frío, cuando se tumbe para observarla. A lo que aspira es a la felicidad y no va a dejar el trabajo a medias. Cree que podrá sentir algo similar a la alegría cuando ponga la última piedra y cuando sitúe al último animal en su lugar. Y si no a la alegría, al menos sí a la satisfacción. Sin necesidad de aclarar nada, sin necesidad de disculparse ante nadie. Considerándose compasiva, universal, absoluta. Una mujer por fin serena porque para algo aquellos son sus dominios. Para algo se ha ganado el derecho a andar por una tierra que cada vez conoce mejor y en la que va a alzar esa casa a la que llamará Betania en honor a la resurrección. La suya y la de aquella chica que se le aparece en mitad de la noche con el pelo empapado, sin tener en cuenta al perro, que parece no verla.

No todas las mujeres esperan someter una propiedad, cultivar un terreno. No todas desean recuperar lo que ha sido seco ni limpiar lo que está sumergido. Ella ambiciona unas cosas y otras no. Tiene grandes aspiraciones, como le gusta recordar y repetirse. No obstante, sigue preguntándose si la naturaleza habrá distribuido los árboles de su tramo en función de alguna pauta o si lo habrá hecho así sin más, sin ningún motivo específico. Por qué unas plantas disponen de espinas y otras no. Por qué unos frutos son comestibles y otros no. Y sobre todo qué papel juega ella en todo eso, qué está haciendo y por qué lo está haciendo. Descomponiendo el paisaje día tras día, domesticándolo. Empeñada en mantener bajo control todo el caos, todo el desorden que le bulle en el interior de la cabeza. Toda la furia y toda la confusión que siguen venciéndola cuando oye la risa y luego los gritos que oía también en el centro de internamiento. Como si no fuera a dejar de percibir jamás esos chillidos aun sabiendo que lo que chilla es la cría perdida de una cabra. «No permitirá que tu pie resbale, jamás duerme quien te cuida», se dice. Su intención es la de perseverar. Quedarse allí. Aunque le resulte difícil deshacerse de una duda que se le ha instalado en el cerebro pese a toda su supuesta entereza y que le hace considerar qué sucedería si se aproximara a ella, a aquella que la observa sin moverse, sin respirar, y la empujara otra vez. Si decidiera librarse de esa presencia, de quien no está allí y a la vez sigue estando, ¿volverían a tratarla como a un monstruo? ¿Volverían a encerrarla?

A tu casa vendrán

I

No podía ser tan difícil. Chasquearía los dedos y la seguirían, eso seguro, al menos el de siempre. Pero ¿y lo otro? Había vuelto a salir para levantar las tablillas de madera oscurecidas por la lluvia, apiladas a un lado del muro, en el extremo trasero, bajo las enredaderas que alternaban las hojas verdes con las secas y las festoneadas de marrón, y se había puesto unos guantes de jardinera porque las tablas estaban desportilladas y no quería ni pensar en una astilla clavada en un dedo, la aguja entrando en la carne. No quería hinchazones ni desinfecciones ni largas comprobaciones del dedo enrojecido esperando que la astilla saliera sola empujada por alguna fuerza primigenia y poderosa del cuerpo, capaz de expulsar de forma natural los elementos ajenos a él. Así que iba dejando las tablillas a un lado pacientemente, ordenadas, con la idea de colocarlas más tarde de la misma manera, igual que estaban, sintiéndose esperanzada y a la vez ridícula porque sabía que allí no iba a estar. Notando el olor a humedad que emergía del espacio abierto mientras repasaba con los ojos cada hueco, cada rendija, considerando la posibilidad de dejarlo. Volver a levantarse y no seguir porque, de nuevo, allí no iba a estar y porque, en cambio, sí podía dar con un nido de cucarachas o un nido de babosas o de arañas madre en ese periodo en el que todo estaba a punto de comenzar a abrirse y florecer. Había pisado las flores del almendro desperdigadas por el suelo de camino al rincón en el que se encontraba ahora, notando en la planta de los pies el grosor de los frutos del año anterior, los salientes del terreno.

Hacía sol pero también había nubes. Se había sentado en una silla blanca de madera que cada vez era menos blanca, igualmente podrida por la lluvia, cercada por el olor a meado de los perros que elegían aquel rincón, y cuando se levantó para dejar por fin de buscar y regresar a la casa se tropezó con un Pascal que se había tumbado justo detrás de ella. Tendría que haberlo imaginado. «Quita, hombre...», empezó. Y estornudó. Se cubrió la nariz con el brazo izquierdo, con el hueco del codo, y volvió a estornudar queriendo sacar el pañuelo de tela que siembre llevaba encima, en el bolsillo del pantalón o arrebujado en una manga, próxima a la muñeca, igual que había hecho su padre porque los cambios de temperatura le producían como a ella esa alergia que no existía. Se le humedecieron los ojos y se sonó la nariz. Aun así, con el pañuelo extendido sobre la cara, seguía notando el olor a meado. «Vamos», dijo.

2

Había devuelto las tablillas a su sitio, amontonadas, y, seguida del mismo Pascal, remontó la breve cuesta que conducía a la parte trasera de la casa cargando con la silla para devolverla igualmente a su sitio. Sin querer ver el pozo. Seguiría buscando, pero en otro momento. Ahora el olor a meado se mezclaba con el de las plantas que crecían por todos lados y con el de la limpieza del aire que le daba en la cara. Sol y nubes: así definiría cualquier aplicación el estado del tiempo ese día.

Empezaba a hacer frío. Se quitó los guantes, las gafas y la visera, y se comió un hojaldre. Había dejado las ventanas abiertas para que se ventilara aquella parte de la primera planta, en el ala de verano, y tuvo que ponerse otra vez las gafas para leer el mensaje del día, que en esa ocasión se refería a un salmo, el 7: «Señor, a ti me acojo, líbrame de mis perseguidores y sálvame; que no me atrapen como leones y me desgarren sin remedio». Luego, más abajo, venían las explicaciones habituales y una nota final escrita con el propósito de aportar paz de corazón y capacidad de amar a quien lo leyera y lo asimilara de manera consciente. Ése fue siempre el espíritu, pero ¿los mandaba ella? ¿Seguían siendo de Ali? «Lo que tengo que hacer es encontrarla», se dijo. Y se repitió que antes o después recordaría dónde había puesto la cuerda.

3

Ahora que estaba sola con los perros, mantenía cerradas dos plantas de la casa, pero hubo un tiempo, cuando vivía con su padre y con la otra hija de su padre, en que estuvieron abiertas las cuatro, con actividad en las cuatro. La otra hija llegó cuando ella había cumplido ya los quince años y se encontró con varios rincones adornados con unas flores blancas de marcas verdosas y pajizas. Una situación que le agradó pero que también la aturdió. Ella fue a recibirla con un sándwich y un zumo de naranja en las manos, y enseguida reparó en sus tremendos ojos castaños, de mirada intranquila aunque todavía no extraviada, lo que le hizo intuir que no había nada que hacer. Le mostró su habitación, cómo llegar hasta allí, y se encargó de aconsejarle que sería muy apropiado que fuera acostumbrándose a pasar las semanas y los meses sin recibir un solo beso de su padre porque su padre era un hombre que no quería ataduras, ninguna atadura. Como dijo Liszt, su profesión consistía en desatar tormentas, y para él la libertad y la independencia se basaban en no preocuparse por nada ni por nadie que no fuera él mismo.

Así que Ali, Alida, Alisa, Alicia tendría que aprender a sobrevivir sola como lo había hecho ella, en todos los aspectos.

Pasearían juntas por el jardín, eso sí. Comprobarían el estado de los brotes y los senderos. Verían cómo se posaban los pájaros en los almendros con sus estrategias de seguimiento de insectos y captación de semillas o cómo formaban sus cruces en el cielo a primera hora de la tarde, yéndose y volviendo, como si se creyeran ante su propio santo de Asís. Saldrían en camisón, descalzas, con el pelo suelto y la cara sin lavar, mientras las aves se les acercaban en la mejor zona de la casa, lejos del pozo, por donde podían correr y tumbarse boca abajo, aferradas con las uñas al suelo sabiéndose el centro de atención de las cuidadoras preocupadas por las garrapatas, con la frente empapada de sudor, trotando por la tierra entre las especies animales y las especies vegetales que compartían su oxígeno con ellas. Todo actividad y todo energía. Sin rastro de prudencia. Podrían oler la hierba fresca que crecía cerca del estanque, estudiar las piedras que se unían entre sí sin cemento... Sin tropezar ni caerse. Y sin su padre, que tenía como lema «Ocúpate de ti». Ésa era la principal oración de su religión: si cada cual se ocupara de sí mismo, de su propio cuerpo, de sus límites y sus opiniones, sin pensar en los demás, la vida resultaría más sencilla. No obstante, les dejaba advertir su presencia en la casa al salir de su despacho o de la biblioteca, al dirigirse a las escaleras, amplificando el sonido de sus pasos. Los crujidos de la madera de los suelos. Los estornudos continuos. Elevando la voz al teléfono.

–No le necesitamos –se dirían ellas.

Dejándose caer en los sillones próximos a las chimeneas como si dieran por concluido otro día agotador.

4

La felicidad estaba ahí.

Quizá pudiera parecer excesiva la palabra felicidad en la situación en que se encontraban, pero se les antojaba la más adecuada. Cerca de la mesa de caoba y las seis sillas que no se utilizaban nunca, ni siquiera para escribir las postales que las misses les obligaban a enviar en Navidad y para los cumpleaños de sus tíos. Donde estaban tranquilas y donde se escondían para concebir sus pruebas y planificar cada paso. Era justo ahí donde cualquier hazaña resultaba alcanzable. Allí forjaban sus estrategias.

–Somos el mejor equipo –se decían.

Y se daban las manos tras cubrirse los hombros con un manto como dos ancianas. Eran hermanas y ahora pasaban juntas los días cruzando los pasillos de la planta segunda para contemplar los ochenta dibujos que cubrían las paredes, y las noches, envueltas en la misma oscuridad si acordaban apagar las luces de los dormitorios. Decidiendo qué decirse y qué no. Recorriendo el jardín. Pisando hormigas con las zapatillas de estar dentro o arrancando las hojas secas de los cerezos. Descubriendo que en el fondo eran muy similares.

En realidad fue ella quien comenzó (no en vano era la mayor), y Ali le hizo caso en todo: esa obstinación por hacer impecablemente bien lo que tenía que hacer sólo bien. Esperando logros perfectos. Obedeciendo como siempre parecía haber obedecido, cada mañana más dispuesta que la anterior. En el primer reto, el más simple, ella se situó ante una de las mesas de la cocina y, tras poner encima dos botellas, una pequeña y otra grande, le explicó que había llenado la pequeña con un agua casi helada, y la grande, en cambio, sólo hasta la mitad, pero con agua templada. Ali tenía que conseguir que la pequeña tuviera el agua más tibia para que se pudiera beber, pero sin esperar a que se calentara sola. La botella estaba ya llena y así debía seguir para superar la prueba.

Ali hizo un gesto de aprobación. Vertió parte del agua fría de la botella pequeña en la grande y a continuación echó agua de la botella grande en la pequeña, hasta volver a llenarla. Al mezclarse las dos temperaturas, podría beberse sin dolor en los dientes.

Ella lo aprobó, y Ali apoyó las manos en la mesa para dar un salto.

–No me gusta perder –dijo.

A partir de entonces se entregó a las pruebas como una santa a su causa. Resistiendo de puntillas con los brazos alzados hacia el techo los minutos que ella le reclamara. Conteniendo la respiración sumergida en el estanque. Atreviéndose a pasar un día entero sin responder a las misses e incluso sentándose en el suelo para probar la comida de los perros.

–No me parece sano.

–A mí me parece lo más sano que has hecho en tu vida.

5

Resultaba evidente que no había nadie cerca. Ni en el recibidor de verano del piso entresuelo ni en el cuarto de las plantas donde siempre cantaba su madre. Tampoco en el ala de invierno ni en su propio estudio. Pero sentía el roce: alguien le acariciaba la cabeza. Y mientras leía uno de los nuevos mensajes, sin firma una vez más («¿Con qué autoridad haces estas cosas? ¿Quién te ha dado esta autoridad?», Lucas 20, 2), intentaba no asustarse y hacer prevalecer la consideración de que se trataba del viento, aunque no hubiera viento en el interior de la casa.

¿Quién ganaba? ¿Quién perdía?

A veces empezaba Ali:

–Mujeres que murieron en accidentes de bicicleta –proponía–. Annemarie Schwarzenbach. Franziska von Reventlow.

–Mary Hansen.

–¿Quién es?

–La guitarrista de un grupo.

–Hablábamos de escritoras.

–Tú hablabas de escritoras. Yo no.

De modo que parecía que volvía a perder.

Y volvía a meterse en el estanque. Sin protestar. O a dormir en el exterior, junto a los muros. O a limpiar los meados de los perros y a ayudarles a subir las escaleras que llevaban a la galería porque los más viejos se quedaban a medio camino, incapaces de avanzar o retroceder, con las patas delanteras extendidas sobre el escalón superior, momento en que había que ponerse detrás y empujarles para que, con ese impulso, terminaran el ascenso. También había que quitarles los pegotes de mocos de la nariz seca y retirar los restos de mierda de unos anos que a menudo sangraban. Y lo hacía. Sin dejar de asentir. Accediendo a lo que se le pedía. Del fregadero a la mesa, de la mesa a las ventanas. Buscando un barreño y dejándolo luego apartado en un rincón mientras explicaba que no debían juntar jamás lejía y amoniaco en un recipiente porque la mezcla generaba cloro puro y con un par de inhalaciones normales perderían el conocimiento.

–Eso da para una prueba –comentó ella.

Sin preguntarle que dónde había aprendido esas cosas porque podía imaginarlo. Su manera de hablar, los cortes que tenía en las piernas, la tonalidad casi azul de su piel. Y los mensajes que mandaba seguidos de esas explicaciones que debían hacerle reflexionar. «Ven con nosotros, preparemos emboscadas mortales, acechemos sin motivo al honrado; lo tragaremos vivo, como el abismo, entero, como quien baja a la tumba.»

6

Ali, Alicia, Alida quería sorprenderla y quería fascinarla. Era su manera de ser. Y una tarde, siguiendo con la mirada los pasos de su Pascal por la habitación en dirección a una de las puertas, tuvo la idea de llevar el juego hasta el extremo.

Y mira que se lo habían advertido, que no se fiase de nadie. Siempre un consejo idéntico: que se centrara en sus necesidades. Que se mantuviera alerta como lo hacía su padre, pensando en sí misma, porque la cautela era la mejor arma para sobrevivir entre ellos. Le habían hecho ver que esos no eran sus perros ni esas sus flores ni las misses sus misses. Que aquella vida no le pertenecía. Pero no llegó a entenderlo nunca. Quería ser la más ingeniosa, la más dispuesta, siempre pendiente de las pruebas, buscando en cada elemento el detalle que rozara la excelencia. Y eligió el escondite perfecto.

Aunque a veces apareciera con una expresión interrogativa en los ojos, no se iba a echar atrás.

Obligándola desde ese instante a pasar horas mirando debajo de las maderas de los suelos del comedor, detrás de los libros de la biblioteca. En la parte trasera de los cuadros. Por el jardín, donde los brotes del peral asustaban, tan gruesos e inflamados, como diminutas alcachofas acabadas en punta, o entre las flores del almendro, en las que se conjugaban la belleza absoluta y la absoluta desolación, tan apretadas, con esos filamentos rodeados de insectos oscuros e histéricos ya que no todas las flores eran hermosas o, mejor, no todas las flores eran hermosas siempre. Prolongando la rutina y con la suficiente presencia de ánimo como para combatir los deseos de deshacerse de todo y así buscar mejor. Los espejos, las cerámicas, los bronces, los jarrones. Despejar cada rincón de la casa en pos de una cuerda que ella misma había escondido.

7

Seguro que seguía repasando los que desde el principio habían sido sus gustos. La nutria y el gorrión. El rojo y el verde. Canadá y Australia. Y seguro que al oír los estornudos pensaría que ya iba a encontrarla. Habría extendido los brazos, de repente más activa, sin dejar de moverse, convencida de que estaba a punto de ser descubierta, lo que le generaría una respuesta ambivalente porque por un lado iba a perder de nuevo, pero por otro lado iba a poder salir de allí por fin. Seguro que se había puesto de pie, atenta a cualquier sonido, a la mínima alteración en la luz, y, en cambio, todo lo que habría alcanzado a ver desde abajo sería el balanceo de la cuerda al alzarse y la sombra de la tapa al cubrir de golpe la entrada, haciendo que la sensación de humedad aumentase y que el círculo azul que había flotado hasta entonces sobre su cabeza se convirtiera en oscuridad. Se había empeñado en considerar que su plan era imbatible, y no contó con la posibilidad de que ella no quisiera encontrarla. El mensaje del día fue del Génesis: «Lo atraparon y lo echaron en un pozo. El pozo estaba vacío, sin agua».

¿Se habría vuelto hacia las paredes circulares que marcaban el encierro pero también el ascenso con la intención de escalarlas y alcanzarla? ¿Andaría en ese momento por allí con su aire indolente, como de descuido, seguida de su perro Pascal pegado a los pies, preparándose para una nueva caricia? ¿O se mantendría postrada, tiritando, entregada a los quehaceres de la supervivencia propia, imaginándosela a ella, la mayor, asentada en su territorio, cerrando puertas, sin necesidad de más pruebas ni de más retos porque ésa era su casa, *ése era su espacio,* y allí iba a quedarse? Firme en su idea de que, al fin y al cabo, a Ali no le gustaba perder, y firme en su idea de que, al fin y al cabo, qué mejor táctica para librarse de la hermana impuesta. Dejar pasar el tiempo y de esa forma, aunque pareciera estar perdiendo, volver a ganar.

En el nombre de la hija

Ha pasado por aquí mi padre y se ha asombrado al verme escondida en una tierra que no hemos trabajado, por la que no he corrido de niña, que no he pisoteado y de la que jamás he robado nada. Una tierra, en suma, a la que no pertenezco.

–¿Y puedo preguntarte en qué andas, hija?

Puede y no puede. Puede porque lo ha hecho. Pero no puede porque mi única respuesta ha sido un gesto reservado, unos hombros encogidos, una cabeza ladeada. Y todo ello sin una sola palabra emitida y ni siquiera en proceso de serlo. Habría preferido que no me hablara. O, al menos, ya que se ha empeñado en hacerlo, que no hubiese cambiado el tono de voz al reparar en la señal que ahora me marca para indicarle a la estirpe de hombres que le seguirán y que durarán novecientos años que no han de ponerme un dedo encima. Sí odiarme. Temerme incluso. Pero no matarme.

Sabe lo que he hecho.

–De verdad te has atrevido…

Ahora lo sabe. Que he presentado mis ofrendas, y mis ofrendas han sido rechazadas en favor de las de mi hermana. Que me he enfurecido y he pecado contra ella y contra el mundo. Que su sangre grita desde el suelo, y habré de vagar por la tierra errante y perdida exclamando: «¡Perdóname!» o «¡Ayúdame!». Rezando sin saber rezar. Estirando los brazos por encima de la cabeza para preguntar: «¿Por qué yo? ¿Qué esperas que haga ahora?».

Subsistir sola. Sin alzar los ojos de los terrones de una tierra que me resultará desconocida. Ser la semilla de la envidia y la codicia. La mensajera de la ira. De Su ira, quizá.

Podría haberme concedido un mejor carácter. Podría haberme hecho obrar bien. Pero está claro que toda elección tiene un propósito, y aunque de momento yo siga aquí, soportando una culpa demasiado grande, con las manos en los bolsillos y la mirada gacha, sé que no necesito poblar el mundo ni ser la madre de todos los que viven como lo será la mía. Me froto la señal que me ha puesto y que alertará a los demás de mi presencia. Que evitará que los demás me ataquen.

Pero no que me ataque yo.

Porque yo soy yo, pero también he sido mi hermana. Y matándola a ella con la quijada me he matado a mí misma. De modo que ésa ha de ser mi estrategia. Desafiar Su plan. Pervertir Su plan. Quitarme de en medio.

Elle est belle, le monstre

I

El océano. La lluvia que cae sobre el océano. La escasa vegetación y la escasa fauna terrestre. Todo esto forma parte de mi realidad. Las rocas negras, el viento y los alcatraces que dan vueltas alrededor de una isla cuyo nombre suena a Kilda, manantial de agua dulce, Kilda, barro y sal. Cascadas de verde como las aristas de hierba verde que descienden sobre los personajes del final de todos los cuentos o de casi todos los cuentos, los más felices o lo más desgraciados. Newlyweds. En eso consiste este universo. El ámbito sin árboles en el que vivo y frente al que brama el océano. La isla donde coexistimos los gorgojos y yo. Las aves marinas que me chillan hambrientas perra-perra-perra-rra-rra-perra. Y yo. En estos centímetros que marcan el límite de la creación. Un fin del mundo extremo en el que nadie me indica dónde tirar la basura o dónde hacer una hoguera para cocinar la sopa y calentarme las manos. Donde nadie me organiza los horarios. Nadie me dice vale-bien o así-no-mal. Nadie me pide responsabilidades ni comprueba si me he lavado el pelo, si tengo las uñas limpias. Me arrastraron hasta aquí después de haberme explicado que nada se podía hacer conmigo porque estoy maldita y jamás habrá un paraíso para mí. De modo que lo que me queda es fluir día tras día bajo el mismo sol cubierto, la misma niebla. Las mismas orillas de un litoral que hace las veces de barrote vertical, barrote horizontal y muralla continua. No hay ni una sola tapia a mi alrededor, pero no puedo salir. Ese es el castigo. El rechazo. El aislamiento. La imposibilidad de enviar una carta a un destino definido en el mapa donde exista gente real. Un alma real.

A veces canturreo. A veces me repito que éstas son mis circunstancias y que si hay algo seguro es que estoy aquí. Que no se trata de un delirio. No me han confinado en una máquina que genere alucinaciones. Soy la única entidad con biografía y voluntad. La primera y última esencia. El único bicho que importa en un pedrusco sin sapos ni conejos. El único ser que recorre la tierra abierta y observa las crecidas y bajadas de las mareas.

Intento serenarme. Me arrullo. Pero mis palabras no le llegan a nadie. Nadie me escucha, nadie me abraza. No voy a recibir ningún mensaje de alivio. Ningún regalo. Junto a la necesidad de comer y beber agua, existe la necesidad de llamar por teléfono y plantear las fórmulas que siempre se utilizan con los seres queridos. Averiguar cómo han dormido, si algo triste ha sucedido desde que se ha dejado de estar con ellos. Insistir en la cuestión de los niños. Saber algo acerca de su salud, su educación. Planificar una excursión en 4x4.

Pero aquí nadie me oye y nadie va a responderme. Me consideran una persona insignificante. Menos que insignificante. Un organismo insustancial en proceso de autodestrucción. Aquí voy a enflaquecer y a marchitarme. Voy a hacerme vieja mientras me pregunto si las demás estarán bien, si se acordarán de mí. Si sabrán que de momento sigo rezando y declamando el Evangelio aunque haya olvidado el tono de las voces que lo leían a mi lado, incapaz de resucitar los acentos, la pronunciación. Tampoco sé recomponer el sonido del piano, de los violines, ni el ritmo de ninguna canción.

Esta fórmula de escarmiento no funciona y resulta evidente que algo falla. ¿No sería mejor reagruparme? ¿Sacarme del Atlántico? ¿No han comprobado que después de este periodo de incomunicación entre mar y nubes sigo lanzando piedras? Ayer seis. Hoy doce.

Es sabido que lo que no se nombra no existe. Tampoco lo que no se escucha ni se ve. Han dejado de escucharme y de verme, así que dejaré de existir. Es lo que desean. Que me anule y desaparezca. Podría resurgir purificada como una Hera inmaculada que recuperara año tras año la virginidad al sumergirse en la fuente. Pero no. No volverá a haber nunca una voz amable para mí.

2

Lo declaré diez veces ante el juez. Que todo lo que quería era vivir con ella. Pasear de su mano, hablar con ella, reír con ella. No pretendí jamás que las otras me prepararan fiestas ni que me leyeran libros en voz alta ni que salieran a comprarme unas pinturas ni un colgante de coral. Lo que deseaba era bailar con Mabel y arrinconar el vértigo. Olvidarme de las recomendaciones y las formalidades. No tener que bajar a la sala común para cenar con las demás. Salir del corro y organizar mis días y mis noches con Mabel como si las demás no existieran. Durante el tiempo que me quedara. Los años que tuviera por delante, fueran los que fuesen. Sin nadie a quien someterme y sin nadie a quien temer. Sin verme obligada a pedir permiso a todas horas y perseguir la aprobación ajena. Pero no debió de entenderme. El juez no debió de creerme y emitió un primer informe en el que se alentaba la separación. El encierro. Me vistieron de blanco con el uniforme habitual y me integraron en una comunidad diferente. En una residencia conventual en la que debía olvidarme de Mabel.

Aunque lograr algo así se me antojara tan imposible como que se me cayeran los ojos al suelo o que la piel se me volviera azul.

Me vistieron con telas de algodón y un gorro con un ribete de lana que me arañaba la piel de la frente. Hablaron ante mí de enfermedad y de sufrimiento, aunque también de depravación y de maldad. Mientras yo pedía clemencia sosteniendo, como había sostenido siempre, que sólo fueron dos. O tal vez tres. Nunca más de tres. Sin embargo, el juez insistía en el número cinco. Repetía el cinco. Cinco los niños que ya no despertarían en su dormitorio ni aprenderían a localizar en un mapa las zonas geográficas de la tundra y la taiga. Cinco los niños que ya no cazarían ranas ni perseguirían lagartos. Por entonces yo estaba dispuesta a atrincherarme y a defender mi cifra, pero ahora ya no lo sé. No estoy segura. Tal vez tuvieran razón. Tal vez Mabel y yo cuidáramos de cinco niños distintos, aunque yo sólo me acuerde de los cuerpos de tres. Ya no puedo ni decir correctamente la dirección del colegio. Tampoco sé evocar la voz de la directora. No recuerdo las fechas de nacimiento de los poetas románticos ni la situación de los órganos del cuerpo humano. Bazo. Estómago. Estómago. Bazo. Páncreas. Hígado. Mi cumpleaños es un día once y mi nombre sigue siendo el mismo. Lo que ha cambiado es mi tamaño y han cambiado mis aspiraciones. A veces me mojo los pies. A veces me arranco las costras de los codos y las rodillas.

Lo que yo quería era estar con Mabel. Amar a Mabel y complacerla. Quise agradarla y jugué a sus juegos.

Ahora vivo en una isla en la que no hay perros ni caballos.

Ni coches ni lagos. Los animales acuáticos que veo desde aquí son hermosos, pero no hay ovejas ni cabras. Cada centímetro es sagrado, como sagrado es el monte Uluru, que ya nunca escalaré.

Si regresaran los niños, ¿volvería ella?

Lo que no se puede hacer no se hace. Igual que lo que no se puede deshacer no se deshace.

3

Nunca encontraron a Mabel. ¿Cómo iba a decirles dónde se escondía? Hacerlo habría sido delatarme a mí misma. Ponerme ante un espejo y señalarme con un dedo.

Los consejeros hablaron con los intermediarios, y los intermediarios hablaron con los nuevos jueces. Durante el segundo proceso expusieron sus diez teorías intelectuales, sus diez teorías morales, y afirmaron que la ira se revelaba en mí como la perfecta manifestación de uno de los siete u ocho vicios malvados. También debatieron acerca de mis deseos de matar. Mi crueldad y mi violencia. Me trataron igual que a una perturbada. Mi proceder provocaba en ellos un silencio confuso, pulverulento como la harina. Ya podía ir olvidándome del festín del Señor, me dijeron. Y cuando eché a correr por el patio de la biblioteca, en la zona acotada para mí, lo entendí todo: si al principio habían querido reformarme, en ese segundo juicio sólo deseaban aislarme. Que renunciara a la integridad de mi alma. A mi dignidad. Sin llegar a comprender lo que había hecho por mucho que subrayara en rojo mi declaración para intentar volver a explicarme. Por mucho que permitiera que expertos e investigadores me analizaran para ilustrar sus estudios psicológicos y sus estudios criminales. No creyeron que sólo jugábamos, Mabel y yo. No acertaron a ver que el amor se centra en lo bello y en lo noble y huye de lo desagradable. Mi amiga bienquerida me taladraba la cabeza con sus razonamientos sobre la suciedad de los niños. La pesadez de los niños a los que cuidaba y sus llantos. Lo repugnante de sus tripas. Lo vil de los niños traicioneros, quejicosos y horribles que debían irse con sus abuelos, me decía, al reino del infinito.

Y ahí los mandamos. Al ámbito de lo intangible. Al territorio de lo ideal.

A los cinco niños de los que yo sólo recordaba dos. O tal vez tres.

4

En esta incomunicación entre nubes y océano, salto por las rocas. Me cruzo de brazos. Me muerdo los labios. Me siento y miro. Intento prestar atención. Limpiarme la sangre y eliminar lo que me molesta, desde lo más pequeño hasta lo que pueda alcanzar mi tamaño y ocupar mi espacio, abarcar mi mismo volumen. Procuro calmarme, controlarme el pulso y la respiración. Debo permanecer inalterable. Serena y cuerda. Pero sigo lanzando piedras y dando patadas al aire. Aquí nadie me regaña por el dinero que no ahorro ni me sermonea acerca del mañana o de la conveniencia de sacar sobresalientes en mis estudios de ciencias. Mi única misión consiste en aguantar viva hasta la muerte. Sin apetencias ni anhelos. Sin desear nada ni esperar nada. Sin orgullo ni voluntad. Ese ha de ser mi propósito. No matarme. Y a nadie le importa si he sido inteligente o no, una chica aplicada o no. Nadie me ha puesto ese sello en la frente. Ya da igual.

Echo de menos que Mabel se alegre al verme. Pero nadie me habla. Ni siquiera los guardeses que me traen la comida cada semana. ¿Qué me han ofrecido? ¿Qué han hecho por mí? Subirme desde la barca hasta el punto más elevado de la isla. Quitarme el trapo de los ojos y alejarme del mar. Darme jarabes, entregarme latas de conservas, cartones de leche. Rotuladores de colores, larguísimos pliegos de papel.

Al principio Mabel venía a visitarme, pero ahora estoy olvidando cómo me invitaba a jugar con ella, cómo me perforaba los tímpanos con sus silbidos. Cómo me inquietaba volviéndose para decirme que debía mantenerme alerta. Siempre alerta. Estoy dejando de sentir su contacto físico, de percibirla a mi lado. Cuando me trajeron aún era posible, pero ya no. Se aleja con su suavidad belicosa. Se me falsean sus órdenes. Se me agrietan los retratos de Mabel sonriendo, Mabel atándome las manos (aunque no eran mis manos las que ataba sino las de los niños: dos, tres, cinco), Mabel rociándoles la nariz y los labios con el insecticida especial para plagas, Mabel forzando a los niños a tragarse el mata hormigas con una jeringuilla, Mabel ocultando los cuerpos mientras mis propios actos y los suyos parecían los mismos, producían resultados idénticos, y su cara se me ponía delante como si proyectara su energía y su existencia sobre la pantalla tensa que era yo. Sábanas y vasos de leche. Mabel haciendo con ellos lo que hacía yo con ellos, jeringuillas e insecticida, en una sincronización perfecta de giros y movimientos, como los de dos bailarinas intercambiables que llevaran un único maillot, un único aro y una única cinta gimnástica.

Los niños integraban las páginas de nuestro álbum de fotos. Y ahí se quedaban. Sin permitir que ninguna impresión se asentara en nuestro ánimo. Ninguna alteración. Ni siquiera Platón habría podido ofrecerles una justificación cabal a mis jueces. ¿Y la grandeza? ¿Y la inmortalidad? Los expertos desplegaron ante ellos las fotografías que yo misma hice.

Lo mismo no era tan lista como creía.

Lo mismo fui imperfecta. Un monstruo.

Que podría despeñarse por uno de los acantilados y dejarse caer ciento sesenta metros hasta chocar contra las rocas de ahí abajo después de que la cabeza le rebotase saliente tras saliente por la pared sin posibilidad de frenar un segundo para disfrutar durante el descenso de la contemplación de unas vistas tan espectaculares. Toda esa belleza.

Índice